U0115745

杜鲁门·卡波特

(Truman Capote, 1924—1984)

20世纪中叶美国最富传奇色彩的天才作家，于文坛和名流圈都曾辉映一时。著有短篇小说集、长篇小说和剧本若干。少时习作以短篇小说起步，两度获欧·亨利奖。1958年出版中篇小说《蒂凡尼的早餐》，1966年以长篇纪实小说《冷血》蜚声世界。《圣诞忆旧集》是其短篇小说代表作。

A CHRISTMAS MEMORY

圣诞忆旧集

[美国] 杜鲁门·卡波特 著　刘露 译

译林出版社

图书在版编目（CIP）数据

圣诞忆旧集 ／（美）杜鲁门·卡波特（Truman Capote）著；刘露译.
—南京：译林出版社，2023.1
书名原文：A Christmas Memory
ISBN 978-7-5447-8757-4

Ⅰ.①圣… Ⅱ.①杜… ②刘… Ⅲ.①短篇小说－小
说集－美国－现代 Ⅵ.①I712.45

中国版本图书馆 CIP 数据核字（2021）第 178169 号

著作权合同登记号 图字：10-2021-297 号

圣诞忆旧集 [美国] 杜鲁门·卡波特／著 刘露／译

责任编辑	管小榕
装帧设计	尚燕平
内文插图	王拉拉
内文制作	陆 莹
校 对	蒋 燕
责任印制	颜 亮

原文出版	The Modern Library，1996
出版发行	译林出版社
地 址	南京市湖南路 1 号 A 楼
邮 箱	yilin@yilin.com
网 址	www.yilin.com
市场热线	025-86633278
印 刷	南京新世纪联盟印务有限公司
开 本	787毫米×1092毫米 1/32
印 张	5.75
版 次	2023 年 1 月第 1 版
印 次	2023 年 1 月第 1 版
书 号	ISBN 978-7-5447-8757-4
定 价	59.00 元

请记得苏可小姐

笛安

我是从十几年前开始成为卡波特的读者的，我读的他的第一本不是《蒂凡尼的早餐》，也不是《冷血》，而是《别的声音，别的房间》。我记得那种逐字逐句地阅读，然后字字珠玑的惊喜——那种惊喜的瞬间周遭是极为寂静的。其实这些年，我在跟别人聊起卡波特的时候，也一直在试图说清楚阅读他的那种真正的妙处，这很困难。

　　总之，在《别的声音，别的房间》之后，我就找来了他几乎所有的小说。一定要形容的话，那就是——无论卡波特写什么，他的句子里首先就具备一种非常悦耳的音乐性。描写与叙述的穿插之间，顿挫有致。在他的叙事中，好像五感都能在几百字里被打通，听觉、画面感、气味，以及必要的叙事需要传达的信息，面面俱到，且不露痕迹。阅读者的视线、注意力与时间——都能够在不知不觉间接受他的剪裁，他会让每一个读者感到，自己的感知能力在变得更加纤巧。所有小说里要讲的事情，全都在这种举重若轻为阅读者建立起来的通感之中完成。我想，阅读他，可以帮助一个写作者相信，顶级的技巧从来都不是目的，而是一段路途中偶得的风景。比如我。

我完全不觉得我有资格给卡波特的作品写序言，所以我只能借这个机会表达一下一个多年读者的由衷赞美与敬意。我想用我自己的话更为细致地表达一个老生常谈的说法：当我们在阅读一位大师级的作家的作品时，常常能够感知到，这里面有一部分可以言传，可以总结，可以当作经验传授，可以学习……但是另外一部分，不能。

而《圣诞忆旧集》的好，恰恰就是因为，属于"不能"的那一部分，占比特别多。这本短短的集子里的三篇小说，分别发表于一九五六年，一九六八年，一九八三

年。这二十七年，恰好覆盖了卡波特作为
"作家"的职业生涯的声名大噪，如日中
天，醉生梦死，再归于平静。在这二十七年
里，拜好莱坞所赐，全世界的观众都知道了
《蒂凡尼的早餐》，都记住了站在橱窗前面
的奥黛丽·赫本——虽然这个电影早已将小
说修改得面目全非，可是为讨厌这部电影的
原作者带来了更多的名利；在这二十七年
里，二十世纪六十年代中期《冷血》的轰动
与热卖让他抵达巅峰，《纽约时报》用了
空前的版面报道他举办的世纪派对；在这
二十七年里，他享受过了他热爱的镁光灯和
名利场，他离不开却又受够了一场又一场的
舞会；在这二十七年里，他喝了太多的酒，

曾有一度被人们认为堕落已毁掉了他浑身的才华，然而八十年代他的一本极为精彩的、帮安迪·沃霍尔的杂志做的系列人物专访《变色龙的音乐》却又再度畅销……我其实想说，《圣诞忆旧集》与他在纽约的名利场人生完全无关。如果你不了解他的生活经历，完全不妨碍你迅速感知到那个亚拉巴马乡下的小男孩恒久的孤独；如果你略微听过他的人生故事，你或许会惊讶——在《圣诞忆旧集》里，若你默认这个叙述者就是长大了的纽约作家卡波特本人，字里行间，你丝毫读不出来后来的热闹。

　　大巧若拙，指的就是这样的作品。

　　亚拉巴马荒芜的寂静一直沉睡在记忆深

处的某个角落，即使这个小男孩日后活成了
"美国梦"本人，属于童年的时光，依然只
有亚拉巴马宁静的原野，以及，小男孩唯一
的朋友，六十多岁的苏可小姐。

　　苏可小姐真是宝石一样的存在。至于为
什么，你们自己看吧。

　　卡波特生于一九二四年，在他童年时
代，赶上了二十世纪三十年代的经济萧条，
选美冠军出身的母亲早已和父亲分道扬镳，
出去闯世界，嫁给了有钱的继父。妈妈需要
闯荡的那几年，把卡波特寄养在亚拉巴马乡
下的农庄里。你可以把《圣诞忆旧集》里的
这个小男孩当成他本人，也可以完全当成小
说里的人物——总之，他们很像就对了。亚

拉巴马的乡下农庄，有一大堆进进出出的亲戚，其中只有一个非常远的表亲，跟小男孩是一类人，就是苏可小姐。虽然苏可小姐已经六十多岁，头发花白，虽然大人们都觉得苏可小姐有点傻，行为古怪——但是在小男孩眼里，这位忠实的好朋友没有任何应该嘲笑的地方。苏可小姐也永远不会觉得小男孩可笑。

任何描述这几篇小说的语言都会显得愚蠢，都会令人误会这是一本关于童年的鸡汤，所以我不打算描述这几篇原本就篇幅很短的作品了。我只想说，虽然这三篇小说创作的时间跨度是二十七年，但是放在一起，几乎感觉不到这期间的岁月流逝，当然原因也许不止一个：比如从二十世纪五十年代中期开始，卡波特自己认为那个属于早熟天才写作的年代已经过去了，他开始探索一条更为朴素但是更为开阔的道路，他认为这条道路的标志就是《蒂凡尼的早餐》，但是探索应该是在这之前就已经开始，所以这三篇小说，即使跨度很长，也依然属于他成熟期之后的作品；还比如，那个亚拉巴马小男孩一直被封存在时光胶囊里，他不会长大，不会变老，无论什么时候回头去看他，眼神和语调都会不知不觉地变得安静下来，安静得就像是亚拉巴马的秋天。

在那个永恒的深秋里，苏可小姐凝视着窗户的神情永远像是另一个孩子，她会愉快地对小男孩说："做水果蛋糕的天气来了，巴迪。"

不管卡波特的童年里是否真的存在过一个这样的苏可小姐，老友欢聚的时光总是短暂的。人生原本如此，所有的快乐都转瞬即逝，无论是小时候与苏可小姐和小狗一起搜罗做蛋糕的材料，还是长大以后让整个纽约为他疯狂——小男孩最终离开伙伴去到了大城市，苏可小姐最终长眠于亚拉巴马。但是《圣诞忆旧集》里那种清澈简洁的孤独却是永恒的，这孤独长存在那里，任何时代，每一个翻开它的人都将与之相遇。

二〇二一年七月一日 北京

目 录

一个圣诞节的回忆

想象一个十一月末的清晨，一个二十多年前降临人间的冬日清晨。再想象一个乡下小镇，镇上有一大片老宅，宅子里有间厨房。厨房的主角是一个黑漆漆的大柴火炉，此外还有一张大圆桌和一个壁炉，壁炉前立着两张摇椅。就在这天，壁炉里圣诞季的火苗开始呼呼作响。

　　有位白发剪得很短的妇人正驻足窗前。她脚穿一双网球鞋，身着夏季的印花布裙，外面罩着件宽大无形的灰色套头衫。她身形娇小却活力十足，就像一只矮脚母鸡。不

过，幼时的一场病让她落下了肩背佝偻的毛病，令人惋惜。她的脸庞极其特别——和林肯不无相似，棱角分明，又染上了风吹日晒的颜色；但那张脸也十分清秀，有着玲珑的骨骼；一双眼睛则是雪莉酒般的褐色，目光总带着怯意。"哦，天哪，"她欢呼起来，在窗玻璃上留下一层白白的雾气，"做水果蛋糕的天气来了！"

她正在对我说话。我七岁，她已经六十多了。我们是亲戚，隔了几层几代的远亲[1]，但我们一直住一起——嗯，自我记事那会就住一起。这房子里还住着其他人，都是亲戚；虽说我们受他们管束，常被他们弄哭，但总体来说，我们不太把他们当回事。我们

1. 作者卡波特的家谱和传记显示，作品中这位亲戚，当指作者外祖父詹姆斯（James Arthur Faulk）的堂姑苏可（Nanny Rumbley "Sook" Faulk），她和自己的其他三个兄妹一起抚养了卡波特的外祖父、母亲和他本人三代人。本书注释均为译者注。

是彼此最好的朋友。她叫我"巴迪"[1]，这是为了纪念她从前最好的朋友。那位名叫巴迪的男孩1880年代就死去了，那时她还是个孩子。现在，她也还是个孩子。

"我还没起床的时候就感觉到了，"她说着，从窗边转过身来，眼中有种成竹在胸的雀跃神情，"县府大楼的钟声听着多冰冷、多清脆呀。听不到鸟儿唱歌了，它们都飞去暖和的地方啦。可不是嘛！哟，巴迪，别再往嘴里塞饼啦，去把我们的小推车拿来。帮我把帽子找出来。我们得烤三十个蛋糕呢。"

年年都是如此——十一月一个清晨的到来，让我朋友的想象力大放异彩，内心也

1. 巴迪（Buddy）一词英语中有"伙伴"（buddy）之意。

为之点燃，就好像要正式为圣诞季揭开序幕似的，她大声宣布道："做水果蛋糕的天气来了！拿上我们的小推车。帮我把帽子找出来。"

帽子找出来了，这是一顶宽檐大草帽，上面镶着的天鹅绒野玫瑰已经褪色，是一个比较会打扮的亲戚留下来的。我们一起推上我们的车，一辆破旧的婴儿车，穿过花园，来到一片山核桃林。这辆推车是我的，也就是说，它是在我出生时为我买的。它由柳条编成，已经松松垮垮，车轮像酒鬼的腿一样东摇西晃，但它却是我们一年四季的忠实伙伴。春天，我们推着它来到小树林，装上鲜花、草药和野蕨，带回去移栽到门廊上的花盆里；夏天，我们在里面堆满野餐的炊具和甜蔗秆做的钓鱼竿，一路推到小溪边；冬天，它也能派上用场：当拖车把木柴从院子里运到厨房，或者给奎妮当一张暖和的床铺。奎妮是我们养的一条生命力顽强的黄白毛捕鼠猃犬，得过一场犬瘟热，被响尾蛇咬过两次，都活了下来，现在正随着这辆车一路小跑。

三个小时后，我们已经又回到厨房，开始剥那一满车被风吹落的核桃。一颗颗的捡得我们腰酸背痛，它们太难找了（大多数果实已经从树上摇落，给果园的主人卖掉了，而主人不是我们）：有的藏在树叶后面，有的隐蔽在打过霜的、扰乱视线的草丛之中。

咯吱！核桃壳碎裂时那一阵欢腾的响动，像一阵微弱的雷鸣。金灿灿、甜丝丝、油汪汪的象牙色核桃肉渐渐堆满了牛奶玻璃碗。奎妮想要讨一口吃，我的朋友不时地偷偷塞给她一小块，却坚持我们自己不许吃："我们绝对不行，巴迪。一开了头，就会吃个没完没了。就现在这些都不大够呢，不够三十个蛋糕用呢。"厨房里暮色渐浓。黄昏把玻璃窗变成了一面镜子：火光映照下，我们在火炉边忙碌的身影和初升的月亮融为一体。最后，月亮已经高挂在中天，我们把最后的一片核桃壳扔进火里，看着它燃烧起来，不约而同地发出一声叹息。推车已空空如也，而碗里却是满满当当。

我们边吃晚饭（有冷面饼、熏肉和黑莓酱），边讨论明天的事。明天我最乐此不疲的事要开始了：采购。樱桃和香水柠檬、生姜和香草、夏威夷菠萝罐头，还有果皮、葡萄干、胡桃和威士忌，哦，还有那么多面粉和黄油，那么多鸡蛋、香料和调味料：哎呀，我们得要一匹小马才能把车拉回家。

不过，隆重的采购之前，先得考虑钱的问题。我们俩都没有钱。除了家里的人偶尔给的几个子儿（一角钱就已经算巨款了），就是我们自己折腾各种买卖赚的：卖旧货；卖自摘的一桶桶黑莓，一罐罐自制的果酱、苹果冻和桃子蜜饯；卖自己采的鲜花给葬礼和婚礼。一次我们在一个全国性的橄榄球赛中得了第七十九名，赢到五块钱。我们对橄榄球一窍不通，只不过我们听到有什么比赛都会去参加。那会儿，我们都指望能在一种新品牌咖啡的命名大赛中得到五万美元的大奖（我们起的名字是"A.M."，还给出了广告语"A.M.!——阿门！"，因为我的朋友怕这听上去会对上帝不敬，还颇踌躇了一番）。说实话，我们唯一真正[1]赚到钱的买卖，是两年前的夏天在后院的木棚里办的"奇趣博物馆"。"趣物"是一个立体幻灯机，可以滚动播放华盛顿和纽约风景的幻灯片，是一个去过这两个城市的亲戚借给我们的（她后来发现我们借走这个物件的真实原因，暴跳如雷）。"奇物"则是我们自己

---

1. 原文为斜体，下同。

养的一只母鸡孵出的一只三条腿的小鸡。街坊四邻都想来瞧瞧这只鸡崽：成年人我们收五分钱，孩子收两分。到博物馆因主要卖点病亡而关门大吉的时候，我们已经足足赚了二十块。

但每年我们都会想方设法凑够这笔圣诞节存款，也就是水果蛋糕基金。我们把这些钱藏在一个隐秘之所：我朋友的床下有个夜壶，夜壶下有块松动的木地板，钱就在木地板下那个古色古香的镶珠钱袋里。我们很少把钱袋从这个安全的所在拿出来，除非是往里面存钱，或者每周六取钱的时候，因为周六我可以花一角钱去看电影。我的朋友从未看过电影，也不打算去："我宁愿听你把故事给我讲一遍，巴迪，那样我可以更尽情地去想象。而且，我这么大年纪的人不该过度用眼。等主来的那天，我可得把祂看个清清楚楚。"除了电影，她还有很多从未经历过的事情：去饭店，离家超过五英里，收到或发出一封电报，阅读除了报纸的漫画栏和《圣经》之外的读物，化妆，骂人，背后咒人，故意撒谎，让一条饿狗饿着离开。不过她也有一些做过的，或者说确实会做的事情：用锄头杀死了我们县里人见过的最大的响尾蛇（一共十六节）；吸鼻烟（背着人）；驯养蜂鸟（试试也无妨），直到它们能在她手指上立住；讲鬼故事（我们俩都相信世上有鬼），让你在盛夏七月浑身发冷；

自言自语；雨中散步；种出镇上最美的山茶花；熟知各种古老的印第安秘方，包括一种疗效神奇的除疣膏。

现在，我们吃过了晚饭，回到老宅偏僻一隅我朋友的房间。她睡的那张铁床漆成了她最爱的玫红色，上面盖着一条杂色拼花被。我们陶醉在密谋的乐趣中，一言不发地从那个隐秘地点取出镶珠钱袋，把里面的东西抖落在拼花被上。卷得紧紧的一元纸钞，翠绿如五月的花苞。一堆暗色的五十分铜币，沉甸甸的，足以用来覆盖在逝者的双眼上[1]。可爱的一角银币，最是活泼，真正可以叮当作响。还有五分的镍币和两角五分的铜币，已经磨得像小溪里的鹅卵石一样

1. 西方旧俗，死者下葬时在其眼睛上或嘴里放上硬币，作为付给冥河船夫卡隆（Charon）的船费，据传起源于古希腊。

光滑。但最多的还是面目可憎、气味苦涩的一大堆一分币。去年夏天，老宅里的其他人跟我们约定，每杀死二十五只苍蝇，就付给我们一分。哦，那场八月的大屠杀中，多少苍蝇飞去了天堂呀！然而这样的差事没什么光荣的。而且，当我们坐着数那些分币的时候，就好像又回到了一只只数死苍蝇的那个场面。我们俩都没有数学头脑，慢慢数着数着，就数不清了，又得从头开始。她算出来我们有 12.73 美元，而我算出来的是整 13 美元。"我真希望是你错了，巴迪。十三可不是闹着玩的。沾上了它，要么蛋糕会塌掉，要么有人会进坟墓。哎哟，我可无论如何都不会想在十三号离开床一步。"这倒不假：她每个月的十三号都在床上度过。所以，保险起见，我们拿出一分钱，把它扔出窗外。

水果蛋糕的食材里面，威士忌是最贵的，也最难弄到手，州法律禁止售卖[1]。不过大家都心知肚明，哈哈·琼斯那里能买到。第二天，我们买完那些稀松平常的食材后，就向着哈哈·琼斯的店出发了，这家位于河边、卖炸鱼的跳舞酒吧，（在街坊四邻口中）是个"罪孽深重"的场所。我们以前也去过，也是去买威士忌，不过前些年我们都是和哈哈的老婆做交易。她是个印第安女人，红棕皮肤，黄得发亮的漂发，总是一副

1. 小说所反映的年代正值美国的禁酒时期（Prohibition Era, 1920—1933）。

疲惫不堪的神情。事实上，我们从未瞧见她丈夫，只听说过他也是印第安人，是个脸上有刀疤的彪形大汉。人们叫他哈哈，是因为他总是阴沉着脸，从来不笑。我们离他的店越近（这是一个大木屋，里外都挂满一串串花里胡哨的裸灯泡，坐落在泥泞河边的一块树荫下，苔藓像灰雾一样爬满了树枝），脚步就越慢。就连奎妮也不再活蹦乱跳，紧紧蹭在我们身旁。哈哈的店里发生过凶案。有人被碎尸。有人脑袋吃了枪子儿。有桩案子下个月要上法庭。自然，这些事件都发生在晚上，在店里炫目的彩灯投下疯狂的光影、留声机发出凄楚的恸哭之时。白天的哈哈酒吧破旧不堪，人气冷落。我叩了门，奎妮汪汪叫了几声，我的朋友喊道："哈哈太太，夫人？家里有人吗？"

一阵脚步声。门开了。我们的心脏都翻了个跟头。是哈哈·琼斯先生本人！他的确是个彪形大汉，他脸上真的有疤，他也真的没有一丝笑容。他虎视眈眈地开了口："你们想跟哈哈买什么？"

我们都吓得魂不附体，好一阵儿没法开口。片刻，我的朋友找回了一点声音，最多算耳语："如果可以的话，哈哈先生，我们想要一夸脱您最好的威士忌。"

他的双眼斜得更厉害了。你能相信吗？哈哈竟然咧嘴微笑，然后又放声大笑："你们俩谁是喝酒的人啊？"

"是做水果蛋糕用的哟，哈哈先生。食材。"

他听了之后冷静下来，皱起了眉头："不该把这么好的威士忌浪费在这上面。"不过，他还是折身退回了那间暗影重重的店，没过几秒又回来了，手中拿着一瓶雏菊黄的、上面什么标签也没有的酒。他对着阳光照了照里面的气泡，开口道："两块。"

我们掏出那堆一分、五分、一角，数好给他。忽然间，他将满手的硬币像骰子那样在手里摇了摇，发出哗啦啦的响声，面色变得柔和了。"这样吧，"他一边提议，一边把硬币倒回我们的镶珠小包，"送给我一个你们做的水果蛋糕，就两清了。"

"哎呀，"回家的路上，我的朋友评论道，"真是个可爱的人呢。我们给他的那块蛋糕里要多放一杯葡萄干。"

黑漆漆的火炉里填满了煤和木柴，像一个点亮的南瓜灯一样散发着光芒。打蛋器飞快地旋转着，调羹在一碗碗黄油和糖中不停翻搅，香草味让空气变得甜蜜，生姜又给它添了一丝辛辣；暖洋洋的、勾引着鼻子的气味浸润了整个厨房，继而弥散到整座宅子里，又随着炊烟，飘散到外面的世界中。四天后，大功告成。三十个浸润着威士忌的蛋糕，摆在窗台和食物架子上，沐浴着阳光。

这些蛋糕做给谁呢？

朋友们。不一定是街坊邻里的朋友：其

实，大部分都是给那些我们仅有一面之缘，
或者从未谋面的人。那些打动我们的人。比
如罗斯福总统。比如去年冬天在这里布道，
后来去往婆罗洲传教的浸信会传教士J. C. 卢
瑟牧师夫妇。还有每年来镇上两次的小个子
磨刀匠。还有阿布纳·帕克，莫比尔[1]来的
六点钟班车司机，每天开着车呼啸而过时，
都会在卷起的漫天尘土中和我们互相挥手问
候。或是年轻的威斯顿夫妇，来自加利福尼
亚州，有一天下午他们的车在我们宅子外面
抛锚了，因此在门廊上和我们愉快地聊了一
小时天（年轻的威斯顿先生还给我们拍了
照，这是我们唯一的一次照相）。是不是正
因为我的朋友在除了生人外的所有人面前都

1. 美国亚拉
巴马州海港
城市。

很害羞，所以这些陌生人或者点头之交，反而倒像是我们真正的朋友？我想是的。此外，我们存有一本剪贴簿，上面拼贴着白宫回信上的感谢语、来自加利福尼亚和婆罗洲的一封封信、磨刀匠寄来的一分钱邮政明信片。这让我们感到厨房上方那片狭窄而停滞的天空外，有个丰富多彩的广大世界，而自己与它紧密相连。

这会儿，十二月里一枝光秃秃的无花果枝窸窸窣窣地摩擦着窗户。厨房空空如也，蛋糕都不见了——昨天，我们把最后一批蛋糕用小车送到邮局，把钱包翻了个底朝天，最后的钱充作了邮资。我们又一文不名了。这让我很沮丧，但我的朋友坚持要庆祝——哈哈的瓶子里，还剩两寸威士忌。我们在奎妮的咖啡碗里给她加了满满一勺（她喜欢苦菊味的浓咖啡）。剩下的，我们一分为二，倒在两只玻璃果冻杯里。想到要喝下纯威士忌，我们都十分胆寒；一入口，那味道让我们龇牙咧嘴，酸得浑身打战。但渐渐地，我们唱起了歌，两人同时唱着不一样的曲调。我不知道我那曲子的歌词，就唱着：来吧，来吧，*去黑人城的舞会*。[1]但我会跳舞，我注定要成为电影中的踢踏舞者。我跳舞的影子在墙上腾挪跳跃；我们的声音让瓷器为之震颤；我们咯咯笑个不停，好像有一双看不见的手在挠我们痒痒。奎妮面朝天打起滚来，爪子拍打着空气，张开她黑色的嘴唇，就像咧开

1. 当指布鲁克斯（Shelton Brooks）发行于1917年的爵士风格歌曲《黑人城舞会》（*Downtown Strutters' Ball*）。

嘴在笑似的。我感到体内暖流丛生，活力四射，就像火炉中那些即将燃尽化灰的圆木；又无比轻松惬意，正如烟囱里的一缕风。我的朋友在火炉旁跳起了华尔兹，用手指拎起她寒碜的印花短裙的下摆，权当它是参加派对的华服：指给我回家的路。[1] 她唱着，网球鞋把地板踩得吱吱叫。指给我回家的路。

有人进来了：是两个亲戚。他们怒气冲天。那兴师问罪的眼神，尖酸刻薄的腔调，威势十足。听听他们要说什么吧，一连串的怒骂从他们口中接连滚出："才七岁的孩子，满嘴威士忌的味道！你脑子有毛病吗？给七岁的孩子灌酒？真是个疯婆子！自甘堕落！记得凯特表姐吗？还有查理伯父？还有

1. 当指1925年诞生于英国的流行歌曲《回家的路》（*Show Me the Way to Go Home*），歌词中有"指给我回家的路，我疲倦了想上床休息，一小时前我喝了点酒，那酒可真是上头"。

他那个小舅子？丢人现眼哪！真是家丑啊！
跪下，祷告，求主宽恕吧！"

奎妮偷偷躲到了炉子下面。我的朋友两
眼直直地盯着自己的鞋子，下巴哆嗦个不
停，她提起裙子，擤了擤鼻涕，跑回了自己
的房间。到后来，整个小镇已沉睡很久，宅
子里一片寂静，只能听到时钟的敲打和渐熄
的炉火毕剥作响，她还在对着枕头流泪。那
枕头就像寡妇的手帕，已经湿透了。

"别哭。"我说着，一边在她床尾坐
下，一边瑟瑟发抖，虽说我穿着法兰绒长睡
袍，上面还散发着去年冬天的止咳糖浆的气
味。"别哭了，"我求她，"你这么老了，
会哭坏的。"

"是因为，"她抽噎着说，"我已经太老了，不光老，还让人发笑。"

"你不是好笑，是好玩，比其他所有人都好玩。听着，如果你再哭下去，就没力气了，明天我们就不能出去砍树了。"

她一下子坐直了。奎妮跳上床（平时不许她上来），舔她的脸颊。"我知道哪里能找到真正漂亮的树，巴迪，还有冬青。树上的浆果有你的眼睛这么大。就在树林的深处，我们以前从没走那么远过。我爸爸以前都是从那儿给我们带圣诞树回来：就用肩膀扛着。那已经是五十年前的事了。好吧，现在，我都等不及天亮了。"

天亮了。草丛披上了一层冰霜，晶莹闪

亮，太阳圆圆的像个橘子，黄澄澄的又像酷暑天的月亮，贴着地平线，照亮了银色的冬季树林。一只野火鸡打鸣了。一头野猪在灌木丛中呼噜呼噜响。很快，前方湍急的水流已经没到我们的膝盖，我们不得不丢下小推车。奎妮第一个下到溪水里，一边用爪子划着水，一边汪汪地抱怨着水流是那么急，又那么冰冷刺骨，能让人得肺炎。我们跟在奎妮后面，把鞋子和装备（一把斧头，一个粗麻布袋）举过头顶。前方的一里路，丛生的荆棘刺痛了我们的手脚，毛刺和石楠钩住了我们的衣服；地上铺满铁锈色的松针，花花绿绿的菌子和飞鸟蜕下的羽毛点缀其间。这儿一个身影飞掠，那儿一对翅膀拍打，还有一阵阵高亢喜悦的啼叫，提醒着我们并非所有的鸟都飞去了南方。脚下的小径沿着洒满柠檬色阳光的池塘和伸手不见五指的藤蔓隧道，一直向远方延伸。前面又是一条小溪，成群结队的斑点鳟鱼受到了惊扰，在我们周围的水里搅起了泡泡；大如餐盘的青蛙正在练习蹲式跳水；河狸工匠们正忙着修水坝；对岸，奎妮甩落身上的水珠，浑身直哆嗦。我的朋友也在哆嗦，不是因为冷，而是因为太兴奋了。她仰面深吸一口弥漫着沁人心脾的松香的空气，帽子上一朵破旧的玫瑰花掉下了一瓣："我们就快到了，你能闻到那气息吗？"她说话的口气，就好像我们快到大海边了似的。

而这里也的确算得上一片海洋。连着好几里地，都是香气四溢的假日树和多刺的冬青。红色的浆果像中国的铃铛般闪闪发亮，引得乌鸦纷纷厉声啼叫着，直往上扑。我们往粗麻袋里装满红红绿绿的果木，足以装饰十几扇窗户，然后，就开始挑一棵树。"它应该，"我的朋友若有所思地说，"比小男孩高一倍，这样他才偷不到上面的星星。"我们选的那棵树有两个我高。斧子足足砍了三十次，这个勇武英俊的小野人才发出哭泣般嘎吱嘎吱的碎裂声，倒在地上。我们拽着它开始了漫长的返程，像拖着一头打死的猎物。每走一小段，我们就败下阵来，坐下大口喘气。但我们还是有着满载猎获者的昂扬士气，那树威猛而冰冷的香气让我们为之一振，驱赶着我们向前。夕阳西下，我们走在返回小镇的红土路上，一路不停地收获称赞，不过每当路人夸奖我们车顶上的宝藏时，我的朋友总是遮遮掩掩、避而不答。多好的树，打哪儿弄来的？"那边。"她含糊其词。有一次一辆小汽车停了下来，富有的磨坊主的懒婆娘探出身子，嘟囔着："给你两角五现钱买你那老树。"平时我的朋友从不敢对人说"不"，但这次她立即摇了摇头："一块钱我们都不卖。"磨坊主的妻子不肯罢休："一块钱，我的天！五角，就这么多了。天哪，婆娘，你再去弄一棵不就行了吗？"我的朋友若有所思地轻轻回应："那未必行。任何一样东西都是独一无二的。"

到家后，奎妮一下子瘫倒在炉火旁，睡到第二天，像人一样呼噜声震天响。

阁楼上的一个大箱子里装了各种东西：一鞋盒的貂尾（曾有位古怪的女士租过宅子里的一个房间，这是她歌剧斗篷上的装饰）；几卷磨损的金属丝彩条，积年累月已经变得金黄；一颗银色的星星；一根破旧的短绳上串着的几个糖果形状的灯泡——不用说，很危险。就这些，已经是完美的饰物了，但还不够——我的朋友希望我们的圣诞树"像浸信会教堂的彩窗"那样灿然生辉，沉甸甸的装饰品像大雪一样压弯枝条。

但是，我们没钱去五分一角店买那些日本产的花哨饰品。所以我们还和往年一样，拿出剪刀、蜡笔和一沓沓彩纸，在餐桌旁一坐就是好几天。我画好图，我的朋友负责把它们剪出来：一大群猫和鱼（因为它们很容易画）、几个苹果、几只西瓜，还有几位长翅膀的天使，是用平时舍不得扔的好时巧克力块上的锡箔纸做的。我们用别针将这些作品固定到树上，再往枝条上撒上碎棉花（八月里摘的，就为了这个用场），作为最后的润色。我的朋友仔细端详着成品的效果，双手紧紧攥在一起，问我："现在说实话，巴迪。好看吧？是不是让人恨不得吃一口？"奎妮跃跃欲试，要吃一个天使。

我们扎好冬青花环，在上面打上蝴蝶结，装饰家中所有的前窗。接下来的任务是制作给家人的礼物。给女眷们的是扎染围巾，给男士们的则是自酿的柠檬甘草阿司匹林糖浆，他们可以在"感冒初起或狩猎归来"时服用。轮到给对方制作礼物时，我和我的朋友便分开暗自行动。我倒很想给她买一把镶珍珠手柄的小刀、一台收音机、足足一磅淋上巧克力的樱桃（有次我们尝过一点，后来她总是发誓："我只吃这一样东西也能活，巴迪，主啊，真的，我可以——这绝不是在用祂的名字随随便便起誓。"）。但实际上，我在给她做一个风筝。她想送我一辆脚踏车（她曾经几百万次地说过："要是我买得起就好了，巴迪。在生活中得不到自己想要的东西已经够苦了。但真要命，更让我恼火的是，你没法给别人你想让他们拥有的东西。总有一天，巴迪，我会给你弄来一辆脚踏车，不要问我是怎么弄到的，说不定是偷的。"）。但实际上，我很有把握她一定也在给我做风筝，去年就是如此，前年也一样，大前年我们则为彼此做了弹弓。对我来说，这也很好。我们都是放风筝的高手，对风的了解堪比水手。而我的朋友则更胜一筹，甚至在只有微风拂过、白云纹丝不动的天气里，也能把风筝高高放上天。

平安夜下午，我们好不容易一起找出来五分钱，去肉店买了给奎妮的传统礼物，一块能让她啃上一阵子的上好牛骨。我们把它用报纸的漫画版包起来，挂在圣诞树顶部银色星星的旁边。奎妮知道骨头就在那里。她蹲守在树底下，贪婪地盯着那地方，两眼一眨不眨。睡觉的时间到了，她还是不肯动。我也和她一样兴奋，一会儿踢开被子，一会儿翻转枕头，仿佛那是个热浪滚滚的夏夜。远处的公鸡叫了，它弄错了，因为太阳还在世界的另一头。

"巴迪，还醒着吗？"是我的朋友在隔壁她的房间里喊我。顷刻间，她已经坐在我的床上，手里拿着根蜡烛。"哎呀，我一点也睡不着，"她说，"心里像有只长腿野兔跳个不停。巴迪，你觉得罗斯福太太会在主餐时把我们的蛋糕端上桌吗？"我们一起蜷缩在床上，她紧紧地捏着我的手，那是她表达"我爱你"的方式。"以前你的手好像要小得多。我想我不愿意看到你长大。等你长大了，我们还能做朋友吗？"我回答我们永远都是朋友。"但我心情很差，巴迪。我太想送你一辆脚踏车了。我想卖掉爸爸给我的浮雕宝石胸针。巴迪——"她踌躇着，好像很难为情的样子："我又给你做了只风筝。"然后我承认我也给她做了一个。我们大笑了一番。蜡烛已经快要燃尽，手拿不住了。那微光终于寂灭，让星河展露光芒。

窗口旋转的星辰，如一曲壮观的颂歌，随着黎明的到来，缓缓地、缓缓地归于沉寂。我们可能蒙眬睡去了一会儿，但第一丝曙色像一盆冷水泼到我们身上：我们起来了，目光炯炯地来回溜达，等着其他人醒来。我的朋友故意失手把一个水壶掉在厨房的地板上，我则在那些紧闭的房门前跳起了踢踏舞。家里人一个接一个地露面了，看起来恨不得要杀了我们俩。但现在是圣诞节，他们没法发作。首先，摆在他们面前的是一顿丰盛的早餐，有你能想象得到的一切美味：从烙煎饼、油炸松鼠到玉米粥和蜂巢蜜。吃得大家脸上喜气洋洋，除了我的朋友和我。实话说，我们已经等不及想拿到礼物，简直一口都吃不下去。

　　唉，我很失望。换成谁不会呢？我收到的有袜子、一件主日学校的衬衫、几方手帕、一件别人穿剩的旧毛衣，以及一本儿童宗教杂志一年的订单。《小牧羊人》。这让我很恼火，委实恼火。

　　我朋友的收成倒好一些。一袋无籽蜜橘，那是她收到的最好的礼物。然而，她最引以为傲的是她那个嫁了人的姐姐织的一件白羊毛披肩。但她声称她最喜欢的礼物是我给她做的风筝。它非常漂亮，当然还是不及她给我做的那个漂亮。那是一只蓝色的风筝，上面点缀着金色和绿色的幸运星，还画着我的名字：巴迪。

"巴迪，风来了。"

有风了，不过还得等我们跑到老宅下面的牧场才行。奎妮之前已经溜出来，把她的骨头埋在了这里（下一个冬天来临的时候，奎妮自己也被葬在了那里）。在那里，我们没入繁茂的、齐腰深的牧草中，松开风筝的卷轴，感到它们有力地挣脱着线，像空中之鱼一样飞向风中。我们心里美美的，身上晒得暖烘烘的，摊开手脚趴在草地上剥蜜橘，看着我们的风筝在风中嬉戏。很快我就把袜子和旧毛衣抛到了脑后。就算我们在那次咖啡命名比赛中赢了五万美元的大奖，我也不会比现在更幸福了。

"天哪，我怎么这么傻！"我的朋友

大喊一声，那突然的警醒，就像一个女

人想起烤箱里的饼，但为时已晚。"你知

道我之前是怎么想的吗？"她问话的语气

好像有了重大的发现，脸上那丝微笑不是

对着我，而是远方。"我一直认为，一具

皮囊必须先要经历疾病和死亡，才能见到

主。我想象中主来的时候，你就该像是看

着浸信会教堂的窗户：阳光透过彩色玻璃

倾洒进来，那么美丽，那么明亮，你都不

知道天色已晚。对我来说这一直是种安

慰。只要想到那亮光，死亡就没有那么叫

人毛骨悚然了。但我现在肯定一切不是那

样的。我打赌，在生命的最后一刻，我们

的皮囊会意识到主其实早已经显明了自

己。就是眼前的一切——"她用手画了个圈，就好像在把云朵、风筝、牧草和正用爪子刨开泥土埋骨头的奎妮都收入囊中，"他们一直看到的那一切，就是祂。至于我，我可以带着今天眼前的景象离开世界，死而无憾。"

这就是我们在一起度过的最后一个圣诞节。

生活让我们天各一方。那些洞明世事的人决定我该去读军校。暗无天日的生活接踵而至——一座座响着军号的监狱，一个个催你早起的阴郁的夏令营。我也有了新家。但那算不得家。我的朋友所在的地方才是家，但我再也没回去过。

　　她还留在那所宅子里，在厨房里忙进忙出，一个人和奎妮。再后来，她成了孤单一个人。（"亲爱的小巴迪，"她信纸上潦草的字迹难以辨认，"昨天吉姆·梅西的马狠狠地踢了奎妮一下。谢天谢地她走的时候没有太多痛苦。我用一张细亚麻布床单将她裹好，用小推车把她推去下面辛普森家的牧场，这样她就可以和她的所有骨头在一起了……"）后来几年的十一月，她还继续烤水果蛋糕，只是没有了帮手；烤的没以前那么多，但还有一些。当然，她总是给我寄来"一炉里最好的"。此外，在每封信中，她都会用手纸包上一角钱："去看场电影，把

故事写下来告诉我。"不过在后来的信里，

她开始渐渐分不清我和她另一个朋友，那个

死于1880年代的巴迪。她不下床的天数越

来越多，不只是每个月的十三号。当十一月

的某个清晨来临时，当树叶凋零、飞鸟去尽

的冬季清晨降临人间时，她再也无法抖擞精

神，大声嚷出那句话："哦，天哪，做水果

蛋糕的天气来了！"

这一切发生时，我都知道。只言片语的

丧讯证实了我体内某根隐密的血管早已感知

的一切。我生命中无法替代的一部分就此被

割断，像断线的风筝一样飞走了。这就是为

什么，在这个特别的十二月早晨，我走过一

个校园时，会不停地向天空张望，好像期待

看到一对迷路的风筝，如两颗结伴的心，朝

着天堂的方向飞奔。

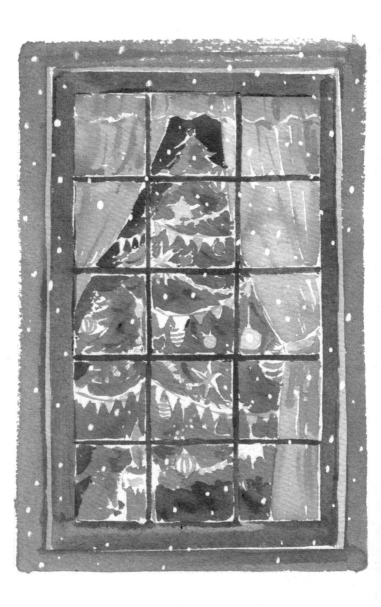

一个圣诞节

给格洛丽亚·邓非

　　先来段我的身世，权作序章。我那聪慧非凡的母亲，曾是亚拉巴马州最美的少女。不只人们口口相传，事实也的确如此。十六岁时，她嫁给了一个二十八岁的商人，此人来自新奥尔良，家世良好。这段婚姻维持了一年。她太年轻，还没做好为人妻母的准备。同时，她又野心勃勃，想去接受大学教育，开创一番事业。所以她离开了丈夫，而我呢，则被她寄养在她亚拉巴马的娘家，那里有一大家子人。

　　那些年，我很少见到双亲中的任何一

位。父亲在新奥尔良忙得不可开交，母亲呢，大学毕业后在纽约闯荡自己的人生。对我来说，这倒也不是件坏事。我一直过得很快乐。不论男女长辈或是平辈，亲戚们都对我很好，特别是一位上了年纪的亲戚，她一头白发、腿脚微跛，人称苏可，苏可·福尔克小姐。我也还有别的朋友，但无疑跟她最要好。

也正是苏可告诉了我圣诞老人的事，他长着在风中飘舞的长白胡子，身着红色的套装，驾着满载礼物、叮当作响的雪橇。我对她说的话深信不疑，正如我相信一切都是上帝的意志，或者苏可一直称祂为"主"的那位的意志。无论我是踢到脚指头，还是从马背上摔下来，或者在小溪里钓到一条大鱼——好吧，无论祸福，都是主的旨意。苏可又一次说这番话的时候，她收到了那条来自新奥尔良的可怕消息：我父亲希望我去那里和他一起度过圣诞节。

我哇哇大哭，一点也不想去。我从未离开过这个亚拉巴马小镇，它四周环绕着森林、农场和河流，与世隔绝。每天都要苏可用手指梳着我的头发，给我一个晚安吻，我才肯睡去。还有，我害怕陌生人，父亲就是一个生人。我见过他几次，但记忆都很模糊。我完全不知道他长什么样。但是，正如苏可所说："这是主的旨意。谁知道呢，巴迪，也许你会看到下雪呢。"

雪！在我自己会看书之前，苏可念了很多故事给我听，好像几乎所有故事里面都有很多雪。漫天飞舞、令人目眩的童话中的雪花。下雪是我梦寐以求的场景。这魔幻而神秘之物，我想亲眼看到它，亲身感受它，亲手触碰它。当然，我从来没有过这样的机会，苏可也没有。我们生活在像亚拉巴马这样炎热的地方，怎么可能会看得到呢？我不知道为什么苏可觉得我在新奥尔良会看到雪，因为那里比这儿更热。这不重要。她只是想给我去旅行的勇气。

我做了一身新衣服，上衣翻领上别着一张卡片，上面写着我的名字和地址，那是为万一我走丢准备的。瞧，我不得不独自一人踏上旅程。一趟长途巴士之旅。好吧，每个人都觉得这个标签会保我平安。只有我不这么想。我怕得要死，也怒气冲天。这怒火是冲着父亲这个陌生人的，他非让我在圣诞节期间离开家，和苏可分开。

这趟旅程有四百英里。差不到哪里去。第一站是莫比尔。我在那里换了巴士，车又往前开了不知道多远，穿过潮湿泥泞的土地，沿着海岸线，到达一座喧嚣的城市。有轨电车哐唧哐唧地开过，街上满是凶险的、外国人长相的人。

这里就是新奥尔良了。

我刚下车，忽然过来个男人把我猛地搂在怀里，挤得我透不过气来。他不停地笑，又不停地哭——这个高个子的英俊男人，一边笑又一边哭。他说："你不认识我吗？不认识你的爸爸吗？"

我一言不发，一直沉默着，直到最后我们上了一辆出租车，才开口问道："在哪儿呢？"

"我们家吗？不远——"

"不是家。是雪。"

"什么雪？"

"我以为这里会有很多雪。"

他用奇怪的神情看着我，然后笑了："新奥尔良从来没下过雪。至少我从来没听说过。不过你听，听到雷声了吗？马上肯定会下雨的！"

我不知道哪样东西让我觉得更害怕，是雷声，是随后嘶嘶作响撕裂天空的闪电，还是我父亲。那天晚上，我上床睡觉的时候，雨仍在下个不停。我做了祈祷，祈祷能很快回家，回到苏可身边。我不知没有苏可的晚安吻，自己如何才能酣然入梦。事实上，因为无法入睡，我开始想象圣诞老人会送我什么礼物。我想要一把镶珍珠手柄的小刀。还有一大套拼图游戏。一顶牛仔帽和配套的套索。还有一把BB枪，用来打麻雀。（多年后，我真有了一把BB枪，射杀了一只知更鸟和一只山鹑。我永远无法忘记自己感到的后悔和悲伤。我此后再没有杀死过一样活物，抓到的每条鱼都扔回了水里。）我还想要一盒蜡笔。还有，最想要一台收音机，但我知道那不可能：我认识的有收音机的人不超过十个。提个醒，这可是大萧条时期，在南方腹地很少有家庭拥有收音机或者冰箱。

父亲却这两样东西都有。他似乎拥有这世上的一切——一辆带敞篷座的汽车，更不用说那栋坐落在法国区的别墅了：那是栋古老精致的粉色小屋，阳台环绕着镂空雕花的铁栏杆，还有一个隐蔽的露台花园，里面有锦簇的鲜花和一个沁凉的美人鱼形喷泉。他还有半打，确切地说是整整一打女友。和我母亲一样，父亲那时还没有再婚，但他们都有痴心的追求者。而无论是否两相情愿，他们最终都走到圣坛那里结为一对——事实上，父亲走了六次。

所以你看，他必定有某种魅力。的确，他把大部分人都迷住了——所有人，除了我。这是因为他总是让我难堪，总是拽着我去见他的朋友们。不管是帮他打理财务的银行家，还是每天帮他刮脸的理发匠。当然了，也少不了他所有的女友们。最要命的还是他总是对我又抱又亲，不停地对人夸耀我。我感觉丢脸极了。首先，我根本没什么值得吹嘘的，就是个货真价实的乡下小子。我信耶稣，虔诚地祷告。我相信圣诞老人的存在。在亚拉巴马的家里，除了去教堂的日子，我从不穿鞋，无论冬夏。

穿着鞋，被父亲拉着走在新奥尔良的街

道上，别提有多受罪了。鞋带系得很紧，鞋子像火炕般炙热，铅块般沉重。而那里的鞋子和食物相比，我不知道哪样更糟。在老家，我吃惯了炸鸡、甘蓝叶、黄油豆粒、玉米面包和其他美味。但新奥尔良的那些餐馆呀！我永远不会忘记我吃的第一只牡蛎，就像一个噩梦沿着喉咙滑到肚子里；几十年之后，我才能吃得下去另一只。至于所有那些辛辣的克里奥尔菜[1]——想到它五脏六腑就火辣辣地疼。不，先生，我翘首以盼的食物是刚从烤炉里端出的面饼、奶牛身上挤出的新鲜牛奶、桶里舀出的家酿糖浆。

　　我可怜的父亲完全没注意到我所受的煎熬。这一半是因为我留神不让他看出来，当

1. 美国南部的一种烹饪风格，融合了西非、法国、西班牙、加勒比海沿岸和美国印第安人的饮食元素。

然更从没跟他说过，还有一半是因为他不顾母亲的反对，已经争得了这个圣诞节期间对我的合法监护权。

他会说："告诉我实话，你不想来这里，跟我一起住在新奥尔良吗？"

"不行。"

"不行是什么意思？"

"我想苏可，还有奎妮。她是我们养的捕鼠㹴犬，一个滑稽的小东西。不过我们俩都很爱她。"

他又问道："那你不爱我吗？"

我回答说："爱。"不过事实上，除了苏可、奎妮还有几个亲戚，以及床边妈妈那张美丽的照片，我不明白爱意味着什么。

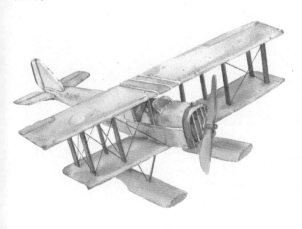

　　我很快就明白了。圣诞节前一天，我们正在运河街上散步，我忽然拔不动腿了，被路旁一家大型玩具店橱窗里的一个神奇的物件迷住了。那是一架飞机模型，大得人都可以坐在里面，像蹬脚踏车一样踩踏板。绿色机身上有一个红色的螺旋桨。我简直相信，只要你蹬得足够快，它真的能飞起来！那可真了不得！我似乎可以看到自己在云层里穿梭，而老家的表兄弟们就在地上看着。那才真叫他们眼红呢！我大笑起来，笑了又笑。我的行为让父亲看上去有了自信，这还是第一次，虽然他不知道是什么让我觉得这么好笑。

那天夜里我祈祷圣诞老人会给我送来那架飞机。

父亲已经买了一棵圣诞树，我们花了很多时间在五分一角店里给它挑选饰品。然后我犯了一个错误。我把一张母亲的照片放在树下。父亲一看到它，顿时脸色煞白，手脚颤抖。我不知该怎么办。但他却很清楚。他走到一个柜子前，拿出一个高脚杯和一个瓶子。我认识这样的瓶子，因为在亚拉巴马州老家，所有的男性长辈们都有很多这东西。

禁酒期间的私酿。他倒满了高脚杯，几乎一口气就灌了下去。在那之后，他就当这照片不存在了。

于是我等待着平安夜，以及总是令人雀跃的、胖胖的圣诞老人的到来。当然，我从未亲眼见过那笨重的、浑身叮当响的、大腹便便的巨人从烟囱里咚地跳下来，在圣诞树下愉快地分发他的赠礼。我的表亲比利·鲍勃是个一肚子坏水的小矮个子，但他的大脑却时常给你猛地来一记铁拳，他说这事完全是胡说八道，世界上根本没有圣诞老人这样的生物。

"见鬼！"他说，"谁要是相信圣诞老人，那他大概也会指着一头骡子说那是马了。"我们在县府大楼前的小广场上吵得不可开交。我说："就是有圣诞老人，因为他所行的事都是主的旨意，凡是主的旨意，就是千真万确的事。"比利·鲍勃朝地上吐了口唾沫，转身走开了："哈，看来我们这儿又多了个布道的。"

我总是发誓我绝不在平安夜睡着，我想听到屋顶上驯鹿欢快的舞步，在烟囱底下和圣诞老人握手。而今年这个平安夜，在我看来，没有什么比保持清醒更容易的了。

我父亲的别墅有三层楼，七个房间，其中几个很大，特别是通往露台花园的三个房间：客厅、餐厅和一个供爱跳舞和玩牌的人使用的"音乐"室。二楼和三楼的阳台，都有镂花的铁栏杆，深绿色的铁花图案，和九重葛的花叶，以及深红的蜘蛛兰起伏的藤蔓巧妙交织在一起，那蜘蛛兰就像蜥蜴吐出的红舌头。这样的房子，配上漆亮的地板、柳条和天鹅绒的家具才能衬出它的光彩。它可能被人家误以为是一个有钱人的住宅，其实，这房子的主人渴望的是高雅的品位。对于一个来自亚拉巴马州的贫穷（却很快乐）的光脚男孩来说，父亲如何能设法满足那样的欲望，是个难解之谜。

　　但对我母亲来说，这一切没什么神秘的。她此时已经大学毕业，正在充分利用她木兰花般的姿色，在纽约寻觅一个真正合适的未婚夫，可以给她买萨顿区的公寓和黑貂皮大衣。是的，她对父亲财产的来源一清二楚，尽管她从未提起，直到很多年后，那时她早已身穿貂皮大衣，脖子上挂着闪闪发亮的珍珠项链。

那次，她到我就读的那所嫌贫爱富的新英格兰寄宿学校来看我（她那富有而大方的丈夫承担了我的学费），我不知说了什么话，触怒了她，她高声道："你不知道他为什么日子那么逍遥自在吗？又是租快艇，又是游希腊群岛？都是靠他的老婆们！想想那一大堆的女人，数都数不清，全都是寡妇。全都富得流油。还全都比他老一大截。哪个脑筋正常的年轻男人也不会娶那么老的女人。这也就是他为什么只有你这么个宝贝儿子，这也是我为什么不会再有其他孩子——当时我那么小，根本不该要孩子。但他是个畜生，他毁了我，毁了我一辈子——"

我只是个舞男，走到天涯海角，人家都停下脚步把我瞧……月亮，迈阿密上空的月亮……这是我的第一段情，所以请温柔以待……嘿，先生，能给一角钱吗?……我只是个舞男，走到天涯海角，人家都停下脚步把我瞧……[1]

她一直说个不停（我尽量不去听，因为告诉我生下我毁了她，也等于在摧毁我），而我脑中却不断飘过这些曲调，或者类似的曲调。它们帮我赶走了母亲的声音，也让我想起了那个平安夜的新奥尔良，父亲举办的那场光怪陆

1. 分别来自《只是个舞男》（*Just a Gigglo*）、《迈阿密的月亮》（*Moon over Miami*）、《请温柔以待》（*Please Be Kind*）、《先生能给一角钱吗》（*Mister Can You Spare a Dime*）等反映年代的流行歌曲。

离的、久久萦绕在我心头的派对。

露台上摆满了蜡烛，与它相连的三个房间也烛火通明。大多数客人都聚集在客厅里，那儿壁炉里柔和的火光映照得圣诞树闪闪发光；不过还有很多宾客在音乐室和露台上，正随一台手摇留声机里飘来的音乐翩翩起舞。在被父亲介绍给客人、引起一阵大惊小怪后，我就被打发到楼上。但是从我那间带法式百叶窗的卧室门外的平台上望去，派对的景象尽收眼底，一对对男女正轻步曼舞。我看到父亲和一位优雅的女士正围着中心有座美人鱼喷泉的水池跳华尔兹。她的确优雅，着一件修身的银色长裙，在烛火中摇曳着微光。但她上了岁数——至少比父亲大十岁，当时他三十五岁。

我突然意识到，父亲显然是他派对上最年轻的一个。那些女士尽管风度迷人，却没有一个比那位银裙飘飘的曼妙舞者年轻。男人们也一样，那么多人都在抽着气味甜腻的哈瓦那雪茄，但其中有一半以上老得可以当父亲的父亲了。

接着，我目睹了一件事，让我不敢相信自己的眼睛。我父亲和他身姿灵动的舞伴跳着跳着，来到了一片猩红色蜘蛛兰阴影下的一隅。他们正在拥抱，亲吻。我是那么惊讶，一股怒火蹿上心头。我跑进卧室，跳上床，用被子蒙住头。我那英俊年轻的父亲和那种老女人在一起是图什么？为什么楼下的人不回家，这样圣诞老人怎么过来？我睁大双眼躺了几个小时，听着他们陆续离开，直等到父亲跟最后一个客人说完再见，我听到他爬上楼梯，打开我的门偷偷看我。但我假装睡着了。

接着发生了几件事，让我一夜未眠。首先是脚步声，父亲在楼梯上跑上跑下，动静很大，伴随着沉重的呼吸声。我非得看看他在做什么不可。于是我藏身阳台九重葛的花叶间，从那里可以看到客厅的全貌，还有圣诞树和壁炉，而父亲的动作也一览无余。他趴在树下摆弄那些礼盒，把它们堆成了一个金字塔形。礼盒外面都用紫色、红色、金色、白色和蓝色的纸包着，被父亲来回搬动的时候沙沙作响。我一阵头晕目眩，因为眼前的一切让我不得不从头思考一切。如果这些是为我准备的礼物，那么显然它们不是主的旨意，也不是圣诞老人送来的。不，这些是父亲购买和包装的礼物。这就是说，我那可恶的表亲，小矮子比利·鲍勃，还有其他跟他一样可恶的孩子，嘲笑我、告诉我没有圣诞老人的时候，并不是在骗我。我想到了最坏的可能：苏可会不会知道真相，却对我撒了谎？不，苏可永远也不会骗我。她是真的相信。就是这样——唉，虽然她已经六十多了，但在某些方面，却和我一样孩子气十足，如果不比我更孩子气的话。

　　我看着父亲忙完一切零零碎碎的活儿，

吹灭了最后几根还未燃尽的蜡烛，一直等到我确定他已在床上沉沉入睡。然后我蹑手蹑脚地下楼来到客厅，那里空气中栀子花和哈瓦那雪茄的气味仍挥之不去。

我坐在那里，忖度着：现在我义不容辞，要做那个向苏可揭示真相的人了。一种愤怒、一种奇怪的恶意在我心中盘旋。它不是针对我父亲的，尽管他后来的确成了这股恶意的受害者。

曙色来临，我仔细翻看了每个包裹上贴着的标签。上面全都写着："给巴迪。"只有一个例外，上面写着："给伊万杰琳。"伊万杰琳是一位黑人老太太，整天喝可口可乐，有三百磅重。她是我父亲的管家，也像母亲一般地照料他。我决定打开这些包裹：已经是圣诞节的早晨了，我已经醒了，干吗不打开呢？我懒得描述包裹里面的东西，只有衬衫、毛衣之类的无聊物件。我唯一中意的，是一把很新潮的玩具枪。不知怎的，我忽然想到用枪声来叫醒父亲肯定会很有意思。说到做到。砰。砰。砰。

他冲出房间，怒目圆睁。

砰。砰。砰。

"巴迪——你到底在搞什么名堂？"

砰。砰。砰。

"快住手！"

我笑得前仰后合。"看，爸爸。看看圣诞老人给我送来这么一大堆好礼物。"

他现在已经平静了下来，走进客厅抱了抱我。"你喜欢圣诞老人送你的礼物吗？"

　　我对他笑了。他也对我笑了。这温存的一刻，在我开口说话后烟消云散："是的，不过你要送给我什么，爸爸？"他脸上的笑容消失了，狐疑地眯起双眼——能看出，他以为我在玩什么把戏。但后来他脸红了，好像为自己刚才的想法感到惭愧。他拍拍我的脑袋，清了清嗓子说："好吧，我之前是打算等一等，让你自己挑想要的礼物。现在你有什么特别想要的吗？"

　　我提醒他我们在运河街玩具店里看到过的那架飞机。他的脸色一下子黯淡了下来。哦，是的，他想起了那架飞机，记得它有多贵。然而，第二天我却坐在了那架飞机上，幻想我正飞向天空深处，而一旁的父亲正在给那个喜上眉梢的销售员开支票。关于如何把飞机运到亚拉巴马，我们争论了一会儿，但我十分固执，一定要带着它一起坐上那天下午两点钟的巴士。推销员打电话给巴士公司解决了这个问题，对方说这个很容易办到。

但我在新奥尔良的麻烦还没有结束。麻烦是那一大银瓶的私酒，也许是因为我要走，但本来父亲也终日沉溺于杯中之物。去公交车站的路上，他那模样真是吓人，他一把抓住我的手腕，嘶声低语道："我不会让你走的。我不能让你回那个疯狂的老宅子，回那一大家子疯子身边。看看他们都怎么带的你。一个六岁的小子，都快七岁了，还在说什么圣诞老人！这都是他们的错，那些苦着脸的老姑娘们，就知道读《圣经》和织毛衣，那些老爹们，整天喝得烂醉。听我说，巴迪，这世上没有上帝！也没有圣诞老人。"他用力捏得我手腕都疼了。

"有时候，哦，天哪，我觉得你母亲和我，我们两个，把事情弄到这步田地，都该一死了之——"（他没有自杀，但我的母亲却走上了这条路：三十年前她吞下了安眠药。）

"亲我一下。求你了。求你了。就亲一下。告诉你的爸爸，你爱他。"但我一个字也说不出来。我很怕赶不上巴士，又很担心绑在出租车顶上的那架飞机。"说，'我爱你'，巴迪，求你了。说出来。"

算我运气好，出租车司机是个好心肠的人。要不是他和几位手脚利索的搬运工，以及一位和蔼的警察，我都不知道到达车站的时候会发生些什么。父亲踉踉跄跄，几乎走不了路，但警察和他谈话，让他安静下来，扶着他站住，出租车司机答应把他安全送到家。但父亲不肯离去，直到看到搬运工把我送上公共汽车。

上车后，我在座位上蜷缩成一团，双目紧闭。一种最难以名状的疼痛攫住了我。它打击着我的全身上下，五脏六腑。我想，如果脱下这双沉重的城市鞋子，这对折磨人的怪物，那疼痛或许会减轻。我脱下它，但那神秘的痛并未离开。在某种意义上，它到现在也没有消失，永远也不会。

十二个小时后，我已经躺在家里的床上。房间里漆黑一片。苏可坐在我床边的摇椅上，摇椅晃动的声音像海浪一样抚慰着我。我竭力地向她复述发生的一切，直到后来像一只号叫的狗般哭得喉咙嘶哑，再也讲不下去。她用手指轻轻梳过着我的头发，说："这世上当然有圣诞老人。只是没有哪个人能做完他要做的那么多事情。因此，主给我们每人分派一点。所以每个人都是圣诞老人。我是，你也是，甚至连你的表亲比利·鲍勃都是。现在睡吧。数星星。想想最安静的东西，比如雪。真遗憾你没看到雪。

但现在雪正穿过星星，飘落下来——"我眼前有星星在闪烁，脑海中有雪花在旋转。睡前记得的最后的事，是主用平静的声音告诉我，我必须做一件事，而第二天我就去做了。我和苏可一起去了邮局，买了一张一分钱明信片。那张明信片现在还保存着，是去年父亲去世后我在他的保险箱里发现的。上面有当时我写给他的一段话：嘿爸爸希望你挺好我也挺好我正学着踩飞机踏板踩得特别快马上就能飞上天了所以记得睁大眼睛看我爱你巴迪。

感恩节来客

给李

那才真叫坏！奥德·亨德森是我见识过的最坏的人。

　　我说的这个人是个十二岁的男孩，并非那种有足够时间把邪恶性情发酵成熟的成年人。一九三二年的时候，奥德至少十二岁，当时我们俩都在亚拉巴马乡下的一所小镇学校里上二年级。

　　他的个头远比实际年龄要高，瘦得像根竹竿，满头土红色的头发，眯缝眼里露出一对黄眼珠，整个人像耸立在班级里的一座高塔——不管怎么说，他都肯定会比我们高，我们其他孩子才不过七八岁大。奥德一年级留了两次级，现在正在上第二个二年级。这个差劲的纪录不是因为他笨——奥德很聪明，也许说狡诈更贴切——但他随了亨德森家的其他人。这一大家子（十口人都挤在黑人教堂隔壁一间四居室的房子里，还不算奥德的爸爸达德·亨德森，他从事私酒买卖，常年蹲在牢里）是一群好吃懒做、好勇斗狠的人，个个都随时准备对你使坏。奥德还不是这伙人中最坏的。兄弟，这很能说明一些问题。

学校里很多孩子家比亨德森家还穷。亨德森起码还有双鞋，但一些男生，还有女生，却只能光着脚挨过最严寒的日子——大萧条就是让亚拉巴马穷到了这个地步。但无论谁都没有亨德森看上去那么穷困潦倒。这个骨瘦如柴、满脸雀斑的稻草人，穿一身拾来的满是汗臭的工装服，连被链子拴在一起的囚犯都会嫌那身行头丢人现眼。如果他没那么可恨，你甚至都会可怜他。但所有孩子，不光我们这些比他小的，还有那些跟他一般大或比他大的，没有一个不怕他。

从来没人敢惹他，但有一次一个叫安·巨无霸·芬奇伯格的女孩主动挑衅，她恰好是镇上另外一霸。巨无霸是个矮小敦实的假小子，在一个沉闷的上午课间，用她那豁出去拼个你死我活的格斗术，从背后偷袭了奥德。三个老师用了好长时间才把他俩拉开，他们肯定巴不得这两个好斗的家伙同归于尽。结果算是个平局：巨无霸的一颗牙齿被打落了，一半的头发被扯下来，左眼蒙上了一层阴翳（她从此再也看不清东西了）。奥德也伤得不轻，不光大拇指断了，直到进棺材那天，身上的抓痕都没有消失。之后的几个月里，奥德想尽各种激将法的花招，想引巨无霸再战一场，但是巨无霸已经了领教过他的厉害，对他敬而远之。我倒也想躲着他，可惜他不放过我。唉，奥德无情的注意力都放在了我身上。

相对于当时的年代和环境，我的日子可以算是过得相当滋润。我住在一处有着高高的天花板的乡下老宅里，那里位于小镇的边缘，紧挨着农场和森林。房主是一群远房亲戚——三位老姑娘和她们的光棍哥哥，都上了年纪。当我的至亲们为了我的监护权大动干戈时，他们收留了我；又由于各种复杂原因，最后监护权之争的结果就是，我在这个有点古怪的亚拉巴马家庭里耽搁了下来。但我在那里并没有不开心，事实上，幸亏有那些年里一些最快乐的时光，我的童年才没有那么苦不堪言。主要是因为亲戚家兄妹中最年轻的那位，一位六十多岁的妇人，成了我人生中第一个朋友。因为她自己也还是个孩子（很多人觉得她还不如个孩子，背后嘀咕说她简直是那个莱斯特·塔克的双胞胎姐妹，那可怜的好女人终日在街上游荡，脸上漾着甜蜜的痴笑），她懂得孩子，更完完全全地懂得我。

或许一个小男孩最好的朋友是个老姑娘，这件事有点不可思议，但我们俩都身世曲折、性情古怪，所以注定会在各自的孤独中走向一段友情。除了我每天在学校度过的几个小时，我们三个，也就是我、老奎妮——我们那只生气勃勃的捕鼠狼犬，还有我的朋友——人称苏可小姐，我们三个几乎总是在一起。我们到树林里寻觅药草；到偏僻的小溪边钓鱼（用榨完后的甜蔗秆做钓竿）；采集奇奇怪怪的蕨类和草木，将它们移栽到锡桶和夜壶中，长成绿油油的一片。不过，我们多数时候还是在厨房里打发日子——一处乡间老宅的厨房，里面的主角是一个生着柴火的黑色大烤炉，因此厨房总显得既幽暗又明亮。

苏可小姐就像含羞草般敏感，她深居简出，从未踏出本县一步。在这点上她一点也不像她的哥哥姐姐们。她的两个有点男相的姐姐比较务实，经营着一家干货店和其他几桩投机生意。她们的哥哥，也就是B老爹[1]，拥有几个棉花农场，分散在乡下各处。他不肯开车，也绝不愿意和任何机动器械打交道，因此整天骑着马在自己的各处产业间来回奔波。他是个好人，但十分寡言：除了勉强挤出"行"或"不行"两个词，他真的在吃饭之外从不张嘴。每顿饭他那狼吞虎咽

1. 苏可的这位兄长B老爹当指卡波特家谱中的巴德（John Byron "Bud" Faulk），即卡波特外祖父詹姆斯（James Arthur Faulk）的堂叔。

的好胃口，就像一头刚从冬眠中醒来的阿拉
斯加灰熊。填饱他的肚皮则是苏可小姐的任
务。

我们一天的主餐是早餐，礼拜日以外的
中餐以及每天晚餐都很随意，常常是吃早上
剩下来的。早餐总是一到早上五点半就端
上桌来，总能把你的胃塞得满满当当。直到
今天，我一想到那些黎明时分的吃食，腹中
就升起一种怀旧的饥饿感：火腿和炸鸡、炸
猪排、炸鲶鱼、炸松鼠（一道时令菜）、煎
鸡蛋、肉汁玉米粥、黑眼豌豆、绿叶甘蓝
（配上甘蓝酒和可以掰碎了放里面的玉米面
包）、面饼、奶油蛋糕、烙煎饼和糖浆、连
巢的蜂蜜、自制的果酱和果冻、甜牛奶、白

脱牛奶，还有烫得下不去口的苦菊味咖啡。

大厨每天清晨四点就起床生火，布置餐桌，把一切准备就绪。奎妮和我给她打下手。大清早起床并没有听上去那样辛苦，早已成为我们的习惯。再怎么说，每天太阳落山、飞鸟归林的时分我们也就上床休息了。还有，我的朋友可不像表面看着那么弱不禁风，虽然儿时缠绵病榻，留下驼背的毛病，但她的双手够有力，双腿也很强健。她总是迈着轻快果断的步子，常年穿的那双磨破的网球鞋在打过蜡的厨房地板上吱吱作响。她还有张很特别的脸庞，容貌是一种不加雕琢的清秀；双目则美丽而年轻，传达出一种坚忍，表明这张脸不仅得益于外在的健康体魄，更多是一种内在的品质散发出的光泽。

不过，依季节不同，B老爹的农场会请人数不等的雇工，有时候会有多达十五个人坐下来吃这场黎明的盛宴。主家得供应雇工每天一顿热腾腾的饭菜——这是他们工钱的一部分。照说，家里请了个黑人妇女来做洗涮洒扫、叠被铺床之类的活儿。她很懒，事也做不好，可她却是苏可小姐终生的朋友——这就是说，我的朋友不会想到要去换个帮佣，只是自己把家务全包了。她得劈柴，喂养一大群鸡、火鸡和猪，为我们所有人缝补浆洗，收拾干净衣服。然而，等我放学回家，她还总是很急切地想和我做伴——我们会一起玩一种名叫"传教士牌"的纸牌游戏，或者跑到外面去挖蘑菇，又或者来场枕头大战。还有的时候，她会坐在厨房里渐暗的暮色中，教我做功课。

她喜欢仔细钻研我的教科书，尤其是地理课的地图册。（"哎呀，巴迪，"她总是会这么说，因为她管我叫巴迪，"想想看，一个叫的的喀喀的湖[1]，这世上真的有这么个地方。"）我念书，等于她也念书了。由于童年时的疾病，她几乎没上过学。她写的字歪七扭八，连不起来，拼写也是自成一派，都是照发音瞎猜的。我这时候读写的流利程度已经在她之上。（尽管她每天都要设法"研读"一章《圣经》，莫比尔地区报上登的《小孤儿安妮》或《卡岑贾默家的孩子

1. 南美洲第三大湖，位于秘鲁和玻利维亚交界处。

们》等漫画她也一期不落。）她对"我们俩
的"成绩单大为得意。（"天哪，巴迪！五
个A哟！连算术都是A。我原先都不敢指望
我们算术也能得A。"）至于为何我会讨厌
学校，为何某些早晨我会哭着求家里说了算
的B老爹让我留在家，她十分不解。

　　当然，我其实并不是讨厌学校，我讨厌
的是奥德·亨德森。他精心策划的那些整人
的手段！比如，学校操场的一角笼罩在一棵
水橡树的树荫下，他就常常埋伏在那阴影下
等我。他手里拿着一个纸袋，装着上学路上
采来的布满尖刺的苍耳。想跑过他是白费力
气，因为他动作快得像一条盘踞的蛇。他像
响尾蛇一样，先击倒我，再把我甩到地上，

得意地眯起眼睛，用苍耳的尖刺对准我的脑壳一顿猛按。通常这都会引来一群孩子，围成一圈吃吃地笑，或者装出笑的样子。他们不是真觉得好玩，但他们怕奥德，所以用笑来讨好他。之后，我会躲在男厕里，把缠在头发上的苍耳摘下来。这个艰难的过程无限漫长，意味着我总是会错过预备铃。

我们二年级的老师阿姆斯特朗小姐还算有同情心，因为她隐约猜到发生了什么。但终于，我连续不断的迟到激怒了她，她当着全班的面对我大发雷霆："人小，派头倒不小。他可真了不起啊！铃响了二十分钟才一步三摇地晃过来。都半个小时了！"于是我就没法再忍了，指着奥德·亨德森大声嚷道："你去骂他。他才是该被骂的人。狗娘养的。"

我听过很多脏话，但听到自己吐出的脏话在可怕的沉默空气中回响，还是吃了一惊。阿姆斯特朗小姐抓着一把沉重的尺子向我走过来，说："伸出你的手，先生。手心朝上，先生。"然后，奥德·亨德森脸上隐隐约约浮现出幸灾乐祸的笑意，在一旁看着她用她的黄铜镶边的尺子狠命地打我的手心，直到教室里的一切在我眼前变得模糊。

奥德发明出的那些颇具想象力的折磨我的办法，用小号字能写满一页。但最令我憎恶和痛苦的，是在他阴影的笼罩下那种暗无天日的感觉。有一次他把我按在墙上时，我直截了当地问他，我做了什么让他这么讨厌我。他忽然松手放开我，说："你是个娘娘腔。我就是想让你变爷们一点。"他没说错，某种意义上我就是，当他说出这句话的那一刻，我意识到做什么也没法改变他的判断，只能让自己坚强起来，去接受和捍卫这个事实。

一旦回到温暖的厨房，我就又找回了平静，奎妮可能正在津津有味地啃着一根挖出来的老骨头，我的朋友正手里拿着块馅饼皮到处转悠，这时奥德·亨德森带来的沉重压迫感就会暂时溜走。但夜幕来临时，他那双眯缝的狮子眼又开始浮现在我梦中，而他高亢刺耳的声音在我耳边嘶嘶作响，宣布着他即将对我施加的种种酷刑。

我朋友的卧室就在我旁边。偶尔，我在噩梦惊魂时刻放声大哭，吵醒了她。然后她会过来把我从奥德·亨德森的梦魇中摇醒。"你看，"她一边说着，一边点亮了灯，"你把奎妮都吓坏了，她一直发抖呢。"她又问："你是不是发烧了？浑身都湿透了。可能我们得去叫斯通医生。"但其实她知道这不是发烧，知道这是因为我在学校遇上的麻烦，因为我曾几次三番地告诉她奥德·亨德森是怎么欺负我的。

但现在我已经不再谈论这件事了，提都不再提了，因为她绝不相信这世上会有任何

人有我描述的那么坏。苏可小姐阅历有限，这也让她远离俗世，得以保存她的天真，完全无法想象那般纯粹的邪恶。

"哦，"她会一边说，一边用暖烘烘的掌心把我冰凉的双手搓热，"他只是因为嫉妒才欺负你。他不像你那么聪明漂亮。"有时候她会用更认真的语气说："巴迪，你要记住，这个男孩那么坏也是没有办法，因为他从不知道什么是好。亨德森家的所有孩子日子都过得很苦。说起来都怪达德·亨德森。我不喜欢说人家坏话，但除了作恶和犯傻，那人从没干过一件好事。你知道B老爹用马鞭子抽过他吗？B老爹看到他打一只狗，当场就抽了他。他后来被关进州立农

场，可真是件大快人心的事。但我还记得莫
莉·亨德森在嫁给他之前的光景。那时候她
才十五六岁，刚从河对岸的某个地方来我们
这儿。她在街那头萨德·丹弗斯的店里学徒
做裁缝。我在花园里锄草的时候，常常看到
她经过。那时候她是个特别有礼貌的姑娘，
有着一头可爱的红发，总是对一切心存感
激。有时我会给她一堆甜豌豆或山茶，她总
是感谢不尽。后来，她开始和达德·亨德森
牵着手散步了——他比她岁数大很多，不管
是喝醉了还是清醒着，都是个货真价实的流
氓。唉，虽主这样安排定有祂的理由，但这
桩婚事真是人间不幸。莫莉现在最多不过
三十五岁，却走投无路，钱袋空空，还有一

群孩子要养活。你也得想想他们的处境，巴
迪，要容忍一些。"

竟然让我容忍！跟她说这些有什么用？
不过，我的朋友终于实实在在地理解了我有
多绝望。这不是因为我的夜夜噩梦惊魂，或
者苦苦哀求B老爹的那些场面，她的觉悟发
生在一个风平浪静的时刻。那是一个飘着雨
的十一月黄昏，厨房里只有我们两人坐在即
将熄灭的炉火旁。晚餐吃完，碗盘摞成了一
堆，奎妮已经给塞到摇椅里，打着呼噜。我
听到雨点轻敲着屋顶，和我朋友的低语声交
织在一起。但我全部心思都用来发愁了，没
留神她的话，尽管我知道她是在打算着感恩
节的事，那时只剩一周就到了。

我的这几位亲戚都终身未婚（B老爹差点结婚，但他的未婚妻想到这桩婚事的代价之一，是将来要和三个乖张的老姑娘同住一个屋檐下，最终还是退还了订婚戒指），却颇以在这一带的庞大的家族关系为傲。他们的表亲堂亲一大堆，还有一位老姑婆——玛丽·泰勒·惠尔赖特太太，已经一百零三岁了。我们的宅子最大，地理位置也最方便，因此，亲戚们每年感恩节到我们这里来聚会，已经成了定例。虽然来过节的人往往都在三十个以上，但准备工作并不费力，因为我们只要备好场地，准备足够大家吃的火鸡并填好馅料就行了。

　　客人们则会带来各色配菜，每个人都贡

1. 地名，位于美国亚拉巴马州。

献出自己最拿手的：来自弗洛马顿[1]的隔了一代的亲戚哈利艾特·帕克，用透明的橙子切片搭配新鲜的碎椰果，做了一道完美的甜品。哈利艾特的妹妹爱丽丝则一般都会带着一大盘葡萄干番薯泥来。还有康克林一大家子，比尔·康克林先生、太太和他们四个俊俏的女儿，总会带来一堆瓶瓶罐罐，里面有他们夏天腌好的各种可口的蔬菜。我自己最爱吃的是一种冷香蕉布丁——老姑婆尽管已经年迈，做起家务事来还是游刃有余，且坚决不肯透露布丁的秘方。令我们难过的是，一九三四年她一百零五岁的时候去世了，也带走了这个秘方。（她人生的谢幕不是由于年龄，而是在牧场上被一头公牛又撞又踩的后果。）

苏可小姐絮叨着这些事情，而我的思绪则漫无目的地徘徊在一座惆怅的迷宫中，心情如眼前的黄昏般潮湿。突然，我听到她用指关节在餐桌上猛叩了一下："巴迪！"

"什么？"

"你一个字都没听。"

"对不起。"

"我猜我们今年需要五只火鸡。我和B老爹说这事的时候，他说他想让你去杀鸡。煺毛、开膛这些也是你来。"

"可是为什么？"

"他说一个男孩子应该知道这些事情怎么做。"

屠宰一向是B老爹分内的事。对我来说，别说看着他杀猪，哪怕是看他拧断鸡的脖子都是一种折磨。我的朋友也深有同感。我们俩都不能忍受任何比打苍蝇更血腥的暴力行为，所以我被她传达这个命令时漫不经心的口气吓了一跳。

"嗯，我不干。"

现在她笑了。"当然不让你干。我会去找巴伯或其他黑人男孩，给他五分钱。但是呢，"她压低了声音，就像在策划一个阴谋，"我们要让B老爹相信是你杀的。然后他就会很高兴，不会再说什么太不像话之类的了。"

"什么事情不像话？"

"我们总是在一起不像话。他说你该有别的朋友，和你差不多大的男孩子。嗯，他倒也没说错。"

　　"我不想要别的朋友。"

　　"嘘，巴迪，别这么说。你对我真的很好。我不知道如果没有你我该怎么办。我会变成个老古怪。但我想看到你开心，巴迪。我想看到你变得坚强，能够走出去面对外面的世界，但你得先学会和奥德·亨德森这样的人和解，把他们变成你的朋友，否则永远也走不出去。"

　　"他！全世界的人都死光了我也不要他做朋友。"

　　"拜托，巴迪——邀请那个男孩来这

里，参加感恩节宴会吧。"

虽然我们俩偶尔会口角一番，但从来没有真正吵过架。起初，我无法相信她说的话，觉得不过是个恶俗的玩笑。但后来，看着她认真的表情，我不解地意识到，我们差点真的大吵一架。

"我还以为你是我的朋友。"

"我是你的朋友，巴迪。真心的。"

"如果你是我朋友，你根本不会出这样的主意。奥德·亨德森恨我。他是我的仇人。"

"他不可能恨你。他又不了解你。"

"好吧，那我恨他。"

"那是因为你还不了解他。我要求的不

多，只要你们肯用这个机会互相多了解对方一点，我觉得问题就会解决了。也许你是对的，巴迪，也许你们两个男孩永远不会成为朋友，但我猜他不会再缠着你不放了。"

"你不懂。你从来没有恨过任何人。"

"对，我从来没恨过。这辈子就给了我们这么多时间，我不想让主看到我用这样的方式浪费自己的时间。"

"我不会去请他的。他会觉得我疯了。要那样我真会疯的。"

雨变小了，空气中的沉默显得越发漫长，令人难受。我朋友用清澈的目光凝视着我，好像我是一张传教士牌，她正在研究如何打出去。她掠了掠额前一缕花白的头发，叹了口气。"那我去请，明天就去。"她说道，"我会戴上帽子去拜访莫莉·亨德森。"这句话证明了她的决心，因为我从没见过苏可小姐打算上门拜访任何人。不仅因为她全无社交方面的天分，还因为她太害羞，总认为人家不会欢迎她去。"我估计他们家里不怎么过感恩节。也许莫莉会很高兴让奥德来我们家坐坐。哦，虽然我知道B老爹绝对不会同意，但要是能邀请他们一家子那才真是再好不过。"

我笑出了声，惊醒了奎妮。我的朋友在短暂的诧异过后，也大笑起来。她脸颊泛着红光，眼里闪烁着光芒。她站起来拥抱我，说："哦，巴迪，我知道你会原谅我，也会明白我的想法还是有点道理的。"

她想错了。我如此乐不可支是因为别的事。两件事。一是脑海中浮现出了B老爹给那难缠的亨德森一家子切火鸡的场面。二是我突然想到自己没有理由惊慌失措。苏可小姐可能会发出邀请，奥德的母亲可能会代表他接受，但他本人死都不会来的。

他太骄傲了，不会领这个情。比如，大萧条时期，一些孩子家里太穷，准备不起带到学校的午餐，学校会给他们发免费的牛奶和三明治。但奥德虽然骨瘦如柴，却拒绝领取这些免费食品。他会远远走开，独自狼吞虎咽地吃完一整袋花生，或者啃完一大根生萝卜。这种骄傲是亨德森家族的特征：偷也好，从死人嘴里撬下金牙也好，他们都干得出来，但他们永远不会接受任何公开赠予的礼物，因为任何带有慈善色彩的东西对他们来说都是一种冒犯。奥德一定会把苏可小姐的邀请视为一种施舍之举，或者某种拿住他短处的伎俩，迫使他放过我。这倒也没想错。

那天晚上，我怀着轻松的心情上床睡觉，因为我确信我的感恩节不会因为这样一个不速之客的到来而被破坏。

第二天早上，我得了重感冒，这倒是件美事，因为不用去上学了。这也意味着我可以在自己生着火的房间里喝西红柿奶油浓汤，并和书里的米考伯先生和大卫·科波菲尔[1]独处几个小时，这些都是最愉快的卧床活动。外面又下起了毛毛雨，但我的朋友说话算话，拿起她的帽子——一顶镶着褪色的天鹅绒玫瑰的阔边大草帽，出发去亨德森家。"我去去就回。"她说。事实上，她却去了快两个小时。我无法想象苏可小姐除了和我或她自己（像所有神志正常却个性孤僻的人那样，她习惯于自言自语）之外，还能和其他人进行这么长时间的谈话。回来的时候，她似乎已经筋疲力尽。

她仍然戴着帽子，穿着一件肥大的旧雨衣，把温度计塞进我的嘴里，然后在床那头坐下。"我很喜欢她，"她斩钉截铁地说，

1. 英国作家狄更斯（Charles Dickens）的小说《大卫·科波菲尔》（*David Copperfield*）中的人物。

"我一直很喜欢莫莉·亨德森。她尽心尽力，把家里打扫得比鲍勃·斯宾塞的指甲还干净。"——鲍勃·斯宾塞是一位浸信会牧师，以洁癖而闻名——"但那家里可真是冷极了。只有一张薄铁皮屋顶，风直灌进屋子里来，壁炉里一星火苗都没有。她问我要不要喝点什么，我当然本来很想喝杯咖啡，但我说'不了'。因为我觉得她家里肯定没有咖啡，也没有糖。

"这让我感到难为情，巴迪。看到像莫莉这样的人过得这么苦，这一路上我都很难受。他们从来没有过上一天好日子。我倒不是说人们应该要什么就有什么。不过，想想看，我觉得这也没什么错。你该有一辆脚踏车骑，那奎妮就不能每天都有根牛骨啃吗？

是的，现在我明白了，想通了：真的，我们所有人都该拥有我们想要的一切。我敢赌一角钱，这就是主的本意。看到周围那么多人连最卑微的需求都得不到满足，我就感到难为情。哦，不是为我自己，我算什么，只是一个老家伙，什么都没有，谁也不认识我，亏得有家里人养活，不然我已经饿死，或者被送到县里的收容所去了。我感到难为情的是，当其他人一无所有时，我们这些人却有用不完的东西。

"我跟莫莉提了一嘴，说我们这里的被子多得永远用不完——阁楼上有一箱拼花被，是我还是小姑娘的时候做的，那时候在家不怎么能出门。但她打断了我，说亨德森一家过得很好，谢谢，他们唯一盼望的就是达德能被放回来，和家人团聚。'苏可小姐，'她告诉我，'不管达德在外面是什么样，他在家是个好丈夫。'她一边说着话，一边还得照看着孩子们。

"还有，巴迪，你一定错看了她儿子奥德。至少不全对。莫莉说他是个能干的帮手，也是个巨大的安慰。不管她让他做多少家务，他从不叫苦。还说他的歌唱得跟广播里的一样好，当弟弟妹妹们吵闹不休时，他一唱歌就能让他们安静下来。上帝保佑，"她一边感叹，一边把温度计从我嘴里拿出来，"我们能为莫莉这样的人做的事，就是尊重他们，并帮他们祈祷。"

我之前嘴里含着温度计，一直没法说话。这会儿我开口问道："那邀请的事怎么说？"

"有时候，"她说着，眉头皱成一团，盯着玻璃温度计里面的红线，"我觉得这双老眼不中用了。到我这个年纪，东西都得凑近了看，所以会记得蜘蛛网真正的样子。不过先来回答你的问题，莫莉听到你还想着奥德，要邀请他来过感恩节，高兴得不得了。而且，"她无视我的呻吟，继续说道："她说他肯定心里痒痒，盼着要来。你的体温已经破了一百度了。我想你明天也能待在家里了。这应该能让你开心吧！露个笑脸吧，巴迪。"

她说中了，盛宴开始的前几天里，我笑容不断，因为我的感冒已经发展成喉炎，这段时间都没去上学。我没碰到奥德·亨德森，自然也无法亲自确定他对邀请的反应。但在我想象中，他一定先被逗得哈哈大笑，然后朝地上啐一口。我倒不担心他要是真来了该怎么办。那可能性微乎其微，正如奎妮不会对我狂吠，苏可小姐也不会背叛我的信任一样。

然而，奥德仍是个挥之不去的阴影，盘踞在我快乐之门的边缘。不过他母亲口中的那个他也勾起了我的兴趣。我想知道他是否真的有另一面，那邪恶的背后是否还残存着一丝人性。但这绝不可能！如果连这都信，那就跟吉卜赛人来到镇上的时候不锁门离开家没什么两样。你只要看他一眼就知道绝无可能。

苏可小姐知道我的喉炎其实并没有那么严重，更多是装出来的。所以在早晨，其他人走后——B老爹去他的农场，两姐妹去她们的干货店——她听任我下床，甚至让我帮忙打扫，每年感恩节聚会前都要像春季大扫除一样忙碌一番。有很多事情要做，足够十来个人忙的。我们擦亮客厅的家具、钢琴、黑色古玩柜（里面只有她两个姐姐去亚特兰大跑生意时从石山[1]带回来的一块碎石）、庄重的胡桃木摇椅和毕德麦雅式的华丽家

1. 美国佐治亚州亚特兰大市景点，以刻有南北战争时期南方联盟领袖的浮雕像闻名。

什，再给它们打上柠檬香蜡，直到整个客厅像柠檬皮一样闪亮，气味也像柠檬园一样清香。我们把一幅幅窗帘洗干净再挂起来，把枕头一个个拍松，再把地毯一张张清理干净。十一月的日光透进高高的房间，目力所及之处，到处飘舞着尘粒和细小的羽毛。可怜的奎妮被赶到厨房，因为怕她会在宅子里那些体面的地方掉下杂毛或虱子。

最费心思的任务，是准备装饰餐厅的餐巾和桌布。那张亚麻布的桌布原本是我朋友母亲收到的一样结婚礼物。虽然每年只用它一两次，在过去的八十年里只用了约两百次，但它已经八十岁了，打过补丁和年久褪色的地方都十分明显。也许那布料原是寻常之物，但苏可小姐却爱如至宝，仿佛它是一双金手用天上的织布机织出来的："我母亲说过：'要是哪天我们落得只能用井水和冷玉米面包待客，至少还可以把它们放在铺着体面的亚麻布的餐桌上。'"

夜晚，日间的忙碌告一段落，老宅的其他地方都一片漆黑，只有一盏昏暗的油灯还燃着。我的朋友坐在床上，腿上摊着餐巾，穿针引线，遮盖那些有污点和裂缝的地方。她的眉头皱成一团，眼睛也用力眯成了一条缝，但那疲惫却欣喜的神情却让她容光焕发，就像一个即将到达终点祭坛的朝圣者。

一个小时，又一个小时，远处县府大楼的钟陆续敲过了十下、十一下和十二下，声音回荡在空气中。我醒过来，看到她的油灯仍然亮着，会睡眼惺忪地走进她的房间怪她："你该睡了！"

"马上就睡，巴迪。现在睡不着。只要一想到有那么多人要来，我真觉得害怕。感觉天旋地转。"她一边说着，一边停手下里的针线，揉揉眼睛，"转的时候满眼都是星星。"

还有菊花，有的能有婴儿的脑袋那么大。卷曲的花瓣簇拥在一起，分币般的咖啡铜色中泛着一抹薰衣草的紫。"菊花，"我们拿着修枝剪漫步在花园中，寻找那些开得最茂盛的花朵时，我的朋友评论道，"就像狮子一样。王者风范十足。我总是希望它们

忽然蹿起来，咆哮着、怒吼着扑向我。"

正是这种奇谈怪论，让人们对苏可小姐颇感讶异，但我也是成年后回想起来才领会到这一点，因为当时我总能明白她的意思。就像这一次，一想到要把所有那些美丽的、怒吼着的狮子拖进屋里，把它们关在我们俗气的花瓶里（这是我们感恩节前夜最后一次装饰屋子的行动），我们就暗自发笑，忘乎所以，很快就傻笑得喘不过气来。

"看看奎妮，"我的朋友高兴得说话都结巴了，"看看她那双耳朵，巴迪。都竖起来了。她在想，哎哟，我和什么样的疯子搞到一起了啊？哎呀，奎妮。到这儿来，亲爱的。给你一块蘸着热咖啡的饼吃。"

那个感恩节是个欢快的日子。一天中热闹极了，时而阵雨大作，时而云开日出，刺眼的太阳投下道道金光，阵阵狂风卷走了秋天残留的叶子。

宅子里的各种嘈杂声也很可爱：锅碗瓢盆发出叮当声，而B老爹站在大厅里，一身礼拜日的行头窸窣作响，正用他那尘封已久的生锈嗓音，嘶哑地欢迎客人到来。有几个人是骑着马或坐着骡车来的，大多数客人则是开着擦得锃亮的农用卡车，或驾着颠簸摇晃的简易小汽车。康克林先生、太太和他们四个美丽的女儿坐着一辆薄荷绿的一九三二年产雪佛兰前来（康克林先生很有钱，拥有好几艘捕鱼船，在莫比尔地区以外的地方捕捞），这辆车令在场的男士们好奇不已；他们研究把玩，到处戳戳碰碰，只差没把它大卸八块。

玛丽·泰勒·惠尔赖特太太最先到达，陪同来的还有一对负责照顾她的孙辈夫妇。惠尔赖特太太是个漂亮的小个子。岁月在她身上没有留下太多痕迹，正如她头戴的那顶小小红帽一样轻巧，而那帽子又像香草圣代上的樱桃般生气勃勃地立在她奶白色的头发上。"亲爱的鲍比，"她拥抱了B老爹，说道，"我知道我们来得早了那么一点儿，但你知道我这个人，从来都很准时，简直烦人。"她也的确应该道歉，因为这会儿还不到九点，我们本以为客人快中午的时候才会到。

然而，每个人都到得比我们预计的要早——除了珀克·麦克劳德一家，他们在来的三十英里路上车胎爆了两次，到的时候还在气得跺脚。麦克劳德先生看上去尤其暴躁，我们不禁担心起家里的瓷器来。多数来客都常年生活在地处偏远、出行困难的地方：要么是前不着村后不着店的农场，要么是荒僻的铁路小站或交叉路口，还有空旷无人的河边村落，抑或是松树林深处的伐木工营地。因此不消说，他们对这聚会翘首以盼，故而早早到达，准备感受满满的亲情，拥有一段美好的回忆。

事实也的确如此。不久前，我收到了康克林家一个女儿的来信，她现在是一名海军上尉的妻子，住在圣地亚哥。她写道："每年这个时候我都常想起你，我想这是因为某一年我们去亚拉巴马过感恩节时发生的事。那是苏可小姐去世前几年——会是一九三三年吗？天哪，我永远都不会忘记那一天。"

到了中午，客厅里再也装不下另一个人了。那里就像一个蜂窝，空气中嘤嘤响着女人们的私语，弥漫着她们的香气：惠尔赖特太太散发着丁香花水味，而安娜贝尔·康克林则有着雨后的天竺葵般的气息。门廊那里则飘过来烟草的呛人气味，尽管外面阴晴不定，时而骤雨袭来，时而又艳阳高照疾风四起，男人们还是照旧聚集在那里。烟草显得与这座老宅格格不入。没错，苏可小姐不时偷偷地吸一点鼻烟，不知道是跟谁学的，她也从不肯谈论这件事。如果她的姐姐疑心到这上面，一定会当作一桩家耻。而B老爹也一样，他强烈反对所有刺激神经的事物，谴责他们让人败坏品行、糟蹋身体的罪过。

雪茄散发的雄浑香气，烟斗喷出的呛人味道，唤起一种深浅交错的丰富感，不断引诱着我溜出客厅，来到门廊上。不过我还是更喜欢客厅，因为那里有康克林四姐妹，她们轮流在我们没有调过音的钢琴上演奏，虽然技艺出众，却只当作嬉戏，并没摆出一本正经的面孔。《来自印第安爱的呼唤》是她们的保留曲目之一。还有一首一九一八年的战时民谣，歌词是一个孩子向来家里偷东西的贼哀告，名为"不要偷爸爸靠勇敢得来的勋章"。安娜贝尔自弹自唱，她是四姐妹中的老大，也最迷人。当然你很难给四姐妹分个高下，因为除了个头不一，她们简直就是四胞胎。她们会让你联想到苹果，个头紧实、气味香甜，味道甘醇又有着果酒的微酸。她们的发辫松散地编织着，像一匹精心饲养的乌黑的赛马，散发着幽蓝的光泽。她们的五官，比如眉毛、鼻子，和笑起来时的嘴唇，微微翘起的样子与众不同，让她们又多了一丝俏皮。最妙的地方还是她们那有些许丰满的身材，准确地说，是种"令人陶醉的饱满"。

正是在钢琴前听安娜贝尔弹奏并爱上她的那一刻，我感觉到了奥德·亨德森的气息。我说感觉到，是因为我在看到他前就已经意识到他就在周围，就像一个经验丰富的樵夫预感到他将遭遇一条响尾蛇或一只山猫那样，危险的迫近感让我警觉了起来。

我转过身，看见那家伙站在客厅门口，一半身子在门里，一半在门外。在别人看来，他肯定只是个脏兮兮的十二岁的细麻秆儿，为了来这个场合，费了好大的力气打湿、梳理了自己的鸡窝头，这会儿头发上梳齿的潮湿印痕还清晰可见。但对我来说，他就像从瓶子里放出来的妖精一样，出人意料且邪恶无比。我居然以为他不会来，真是个笨蛋！傻子都能猜到，就算出于歹意，他也会来——来破坏我盼望已久的日子，会让他快活。

然而，奥德这会儿还没有看到我：安娜贝尔强健而灵活的手指在已变形的琴键上翻飞，这转移了奥德的注意力。他正看着她，嘴张得老大，眼睛眯成了一道缝，就好像正迎头碰上她脱掉衣服，在附近的河里洗澡一样。他似乎深深陷入了一场白日梦，那本来就很红的一对耳朵变成了辣椒色。眼前的场景让他愣住了，以至于我能够直接从他身边挤过去，穿过大厅跑到厨房。"他来了！"

我的朋友手头的事几个小时前就已经做

完了，而且她还有两个黑人妇女帮忙。然而，聚会一开始，她就一直躲在厨房里，假装陪着无处可去的奎妮。事实上，她害怕身处任何人群中，哪怕这些人都是亲戚。尽管她无限信赖《圣经》及其主角，却很少去教堂，也是这个原因。虽然她喜爱每一个孩子，和他们在一起时很自在，但人家没法拿她当一个孩子，而她也没法拿自己当成大人中的一员，在人群中总像个腼腆的年轻小姐，一言不发，惊慌失措。但她仍会为脑海中聚会的场面雀跃不已。多可惜，她不能穿着隐身衣参加宴会，否则，她可以多么尽情地感受那节庆的欢乐呀。

我注意到我朋友的手在颤抖。我的双手

也在抖。她平常的衣服只有棉布印花裙、网球鞋和B老爹穿剩的毛衣，没有适合正式场合的装束。今天，她正松松垮垮地穿着从她一个身材粗壮的姐姐那里借来的一身行头——一件令人头皮发麻的海军蓝连衣裙，它的主人每回参加县里人的葬礼时都穿着它。

"他来了，"我第三次告诉她，"奥德·亨德森。"

"那你为什么不去和他玩呢？"她语气中有一丝责备，"这不礼貌，巴迪。他是你自己的客人。你应该去让大家认识一下他，让他玩得开心。"

"我做不到。我没法开口和他说话。"

奎妮正蜷在她腿上，被她摩挲着头。我的朋友站起来，赶走了奎妮，身上海军蓝的布料已经沾上了狗毛。她开口道："巴迪，你是说你还没和那个男孩说过话！"我无礼的态度让她的胆怯消失得无影无踪。她拉着我的手，把我带到客厅。

　　她根本用不着为了奥德是否开心而着急。他这会儿已经被安娜贝尔·康克林的魅力吸引到了钢琴那边。事实上，他已经瑟缩地坐在她的琴凳旁，目不转睛地盯着她优美的轮廓。他那对浑浊的眼珠，正像我那年夏天看到过的鲸鱼填充标本里的那两只。当时一个巡演的草台班子经过镇上，打出广告"白鲸莫比·迪克[1]的真标本"，看一眼要收

1. 美国作家麦尔维尔（Herman Melville）的作品《白鲸》（*Moby Dick*）中白鲸的名字。

五分钱——真是一群骗子！至于安娜贝尔，她会和一切活物打情骂俏，无论是走着的或是爬着的——不，这样说不公平，因为这其实是对奥德的施舍之举，也是出于她那活泼的天性。尽管如此，看到她在那骡夫面前娇痴的模样，我还是被深深伤害了。

我的朋友拖着我往前走，对着他自我介绍一番："巴迪和我，我们很高兴你能来。"奥德的举止像公山羊般愚鲁：他既没有站起来伸出手，也几乎没有正眼看她，对我更是视而不见。我的朋友被吓住了，但仍豁出去说道："也许奥德可以给我们唱首曲子。我知道他会唱，他妈妈告诉过我。安娜贝尔，甜心，弹点奥德能唱的曲子吧。"

翻看了前面的内容，我发现我还没有好好描述一番奥德·亨德森的耳朵——这是个重大的遗漏，因为它们是一对引人注目的物事，就像喜剧电影《小顽童》[1]中阿法法的耳朵一样。现在，由于安娜贝尔讨好地应承了我朋友的请求，他的耳朵变得如甜菜般红亮，刺得你眼睛疼。他一边小声咕哝着什么，一边羞惭地摇了摇头。但安娜贝尔说："你听过《我看到了光明》吗？"他没听过，但她提议的下一个曲子，奥德却咧嘴笑了，表示知道。大傻瓜都看得出他那温和有礼的样子全是装的。

安娜贝尔一面娇笑着，一面奏响了一组浑厚的和弦，奥德用他那早熟的成年男子的

1. 美国1922年至1944年间上映的一系列儿童冒险题材黑白喜剧短片。

嗓音唱道："当红红的、红红的知更鸟飞呀，飞呀，飞来了。"那紧绷的脖子里喉结一跳一跳。安娜贝尔弹奏得更加热情了。女人们意识到一场演出开始了，母鸡般高亢的闲谈声也低了下去。奥德唱得很好，毫无疑问他真的会唱，而此刻我全身充满了嫉妒的电流，足够电死一个杀人犯。此时我脑中的想法就是要杀死他。可以像拍死一只蚊子一样毫不犹豫。比那还要果决。

我又一次逃离了客厅，来到了小岛，这次连我的朋友都没有注意到，她正陶醉于这场音乐会中。小岛是我给老宅的房子中一处地方起的名字，每当我情绪低落，或莫名的精力无处发泄，或只是想把事情想明白的时候，都会去到那里。那是个巨大的壁橱，连着我们唯一的卫生间。除了卫浴器具外，这里就像一个舒适的冬季客厅，有一个马毛的双人座椅、几小块地毯、一个写字台、一个壁炉和几幅裱框的名画复制品——《医生来访》《九月的早晨》《天鹅湖》，以及一大堆年历。

壁橱上有两扇小小的花窗玻璃，上面有菱形的玫瑰图案，透进来琥珀色和绿色的光线，外面正对着卫生间。玻璃上有不少掉色或破损的地方，把眼睛贴到这些空缺处，正可以看到房间的来人。我在那里独自待了一段时间，思索着仇敌取得的成功，忽然一阵脚步声闯了进来，是玛丽·泰勒·惠尔赖

特太太。她在镜子前站住，用粉扑拍拍脸，往她那古董般的双颊上匀了匀胭脂，然后，仔细端详了一番，宣布道："漂亮极了，玛丽。就算是玛丽自夸的又何妨。"

众所周知，女人比男人长寿。这背后的动力会不会仅仅是她们强烈的虚荣心呢？不管怎样，惠尔赖特太太让我的心情好了起来。所以当她离开后，一阵劲头十足的餐铃响彻全屋时，我决意走出我的避难所，尽情享用大餐，不去管奥德·亨德森。

但就在这时，脚步声又回来了。他出现了，没有往常那种阴沉的表情，这我还是第一次见。他昂首阔步，吹着口哨，解开裤子的扣子，只听得一股劲道的水流四处飞溅。他一直吹着口哨，像向日葵田里的松鸦一般兴高采烈。他正打算离开时，被写字台上的一个打开的盒子吸引住了。那是一个雪茄盒，里面存着我朋友从报纸上撕下来的食谱和其他没用的小物件，还有一枚她父亲很久前送给她的浮雕胸针。撇开情感意义不谈，光是她的想象力就赋予了这个物件稀世的价值。每当我们因为什么事情对她的姐姐们或B老爹极度不满时，她都会说："没关系，巴迪。我们卖掉我的胸针，然后远走高飞。我们坐巴士去新奥尔良。"虽然我们从未讨论过到达新奥尔良后我们要做什么，或者卖胸针的钱用完后我们以何为生，但我们俩都陶醉在这个幻想中。也许我们俩都隐隐意识到，这枚胸针只不过是西尔斯·罗巴克公司产的一样廉价小饰品。但没关系，在我们眼中，它似乎是一件真正具有法力的护身符，虽然效果从未经过验证，但如果我们有一天真的下了决心，去传说中的那些地方碰碰运气的话，那么它就会释放魔法，保证我们的自由。所以我的朋友从不把它戴出去，因为这个宝贝过于珍贵，绝不能冒险丢失或弄坏它。

这会儿，我看到奥德那亵渎的手指伸向它，看着他把它放在手心搓了几下，又放回盒子里，转身走开了。然后他又折身回来了。这一次，他迅速拿起了胸针，鬼鬼祟祟地放进了口袋里。我的血液沸腾了，本能地要冲出壁橱跟他干一架。那一刻，我觉得自己可以把奥德打倒在地板上。但是——你还记得从前的漫画吗？画家总是用一种很简单的方法来表示一个想法的诞生——在马特、杰夫[1]或不管什么角色的额头上方画一个灯泡。此刻的我正是这样，一个滋滋响的灯泡突然照亮了我的大脑。它如此震撼，又如此光辉，让我热血沸腾、战栗不已，禁不住哈哈大笑。奥德拱手送了我一个理想的复仇工具，足以抵消那些长着尖刺的苍耳带来的所有痛苦。

餐厅里的长餐桌已经被拼成了一个T形，B老爹坐在上首正中，玛丽·泰勒·惠

1. 20世纪初起美国报纸上长期连载的漫画《马特和杰夫》（Mutt and Jeff）中的人物。

尔赖特太太坐在他的右边，康克林太太则坐在他的左边。奥德坐在一对康克林姐妹中间，其中一个就是安娜贝尔，她不断的恭维让他得意忘形。我的朋友给自己安排了桌子最下首的位置，和最小的娃娃们坐在一起。用她自己的话说，选这里是因为这里离厨房更近，但当然这也是因为她本来就想坐这里。奎妮不知为什么被放出来了，钻到桌子底下——在两排人腿中乱窜，乐得摇头摆尾，浑身哆嗦——但似乎没有人反对，可能是因为他们都被眼前的美食催眠了：还未切开的整只火鸡泛着诱人的光泽，秋葵、玉米、洋葱煎饼和热碎肉馅饼中则升腾着美妙的香气。

　　要不是彻底复仇的计划让我的心怦怦直跳，嗓眼发干，我的口水一定也会流成河的。有那么一秒钟，在用余光打量奥德·亨德森容光焕发的脸时，我感到一丝遗憾，但真的没有半点踌躇。

　　B老爹念诵感恩祷词。他颔首闭目，虔诚地将布满老茧的双手合拢，缓慢而庄严地念道："感谢你，主啊，赐予我们的餐桌丰盛的食物、各色的果子，在这艰难一年里的感恩节这个日子，我们无比感激。"——我很少听到他说话，那低沉又嘶哑的嗓音，就像废弃教堂里的风琴般断断续续——"阿门。"

　　然后，人们挪动座椅，摊开餐巾，发出

沙沙声。我一直竖起耳朵听着，终于等到了一切都安静下来的必要时刻。"这里有个贼。"我一字一句地说，又用更冷静的语气重复了一遍："奥德·亨德森是个贼。他偷走了苏可小姐的胸针。"

人们的手悬在空中不动了，手中的餐巾晃着耀眼的光。空气中只听到男人的咳嗽声、康克林四姐妹整齐的"啊"声，以及小珀克·麦克劳德的打嗝声，年幼的孩子在受到惊吓时就会那样打嗝。

我的朋友开口了，颤抖的声音里半是责备，半是痛苦："巴迪不是那个意思。他只是在开玩笑。"

"我是认真的。如果你不相信我，去看

看你的盒子，胸针已经不在了。被奥德·亨德森装进口袋了。"

"巴迪这阵子喉炎很严重，"她喃喃地说，"别怪他，奥德。他不知道自己在说什么。"

我说："去看看你的盒子。我亲眼看到他拿走了。"

B老爹冷冰冰地盯着我，目光里充满警告的意味，拿出了一家之主的派头："你最好去一下，"他对苏可小姐说，"去看看就知道了。"

我的朋友很少忤逆她兄长的意志；这会儿她也没有表示违抗。但她脸色苍白、双肩窘迫地缩起，表明她有多不情愿跑这一趟。

她只去了一分钟，却似乎消失了无限久。紧张的空气在餐桌上酝酿并迅速发酵，就像一根浑身是刺的藤蔓，以令人毛骨悚然的速度牛长着——而被那藤蔓缠住的不是被告而是原告。我被胃里的一阵恶心攫住了，而奥德看起来却像死人一样平静。

苏可小姐面带微笑地回来了。"不像话啊，巴迪，"她一边责备，一边摇摇一根手指，"竟然开这种玩笑。我的胸针还在原来的地方，纹丝没动。"

B老爹说："巴迪，我要听到你向我们的客人道歉。"

"不，他不用道啥歉。"奥德·亨德森一边说，一边站起身来，"他说的是实话。"他把手伸进口袋，掏出胸针放在桌子上。"我倒是希望这会儿能有个借口，但我没有。"他一边往门口走，一边说道，"你一定是位不寻常的夫人，苏可小姐，这样帮我遮掩。"然后，这个十恶不赦的人就头也不回地走开了。

我也离开了。只是我是跑走的。我用力把椅子推回去。它翻倒了，砰的一声吓得奎妮从桌子底下蹿出来，龇着牙朝我汪汪叫。经过苏可小姐身边时，她竭力想拦住我："巴迪！"但我此时既不想理她，也不想理奎妮。那狗对着我狂吠，我的朋友站在奥德·亨德森那一边，为了挽救他的颜面而说瞎

话，出卖了我们的友谊，背叛了我的爱。我
从未想到会有这一天。

老宅下面是辛普森家的牧场，十一月里
金棕色的高草一片辉煌。牧场的尽头有个灰
色的谷仓、一个猪圈、一个围栏鸡舍和一
个熏肉房。我溜进了熏肉房，这个伸手不见
五指的房间，即使在最炎热的夏日里也很凉
爽。泥地面上有个烟窖，散发着山核桃渣和
防腐油的味道。椽子上挂着一排排的火腿。
从前我一到这里就很紧张，但现在它的黑暗
倒给了我庇护。我摔倒在地上，胸口剧烈起
伏，像海滩搁浅的鱼，那鱼鳃一张一合。我
正在蹂躏自己仅有的那套体面的长裤西服，
但我毫不在意，在混合着污泥、灰烬和猪油

的地板上滚来滚去。

我想清楚了一件事：我要离开那座老宅，离开那个小镇，就在那个晚上。说走就走，跳上一辆货车，直奔加利福尼亚州，在好莱坞帮人擦皮鞋为生。弗雷德·阿斯泰尔的鞋，克拉克·盖博的鞋，或者——也许我自己会当个电影明星。杰基·库伯[1]不就是吗？哦，那时候他们一定会后悔的。当我坐拥名利，却不回他们的信件甚至电报的时候，很有可能。

突然间，我想到了一些能让他们更后悔的事情。通往棚子的门虚掩着，透进来一刃光线，照亮了架子上的几个瓶子。覆满灰尘的瓶身上，有骷髅头和交叉白骨的标签。只

1. 20世纪30年代美国好莱坞著名童星。

要我喝下去其中一瓶，那么上面老宅餐厅里的所有人，那些正在大快朵颐的家伙们，就会知道什么叫后悔了。哪怕只是为了看看人们在熏肉房的地板上发现我又冷又硬的尸体时，B老爹那副肠子都悔青了的表情，这么做都值得。哪怕只是为了听听我的棺材被放进墓穴深处时，人们的恸哭和奎妮的哀嚎，这么做都值得。

唯一让我踌躇的是，我不会真的看到这些场面，听到这些声音。都死了，还怎么感受得到呢？除非能亲眼看到哀悼者如何内疚与后悔，否则死这件事没什么能让人满意的地方。

B老爹一定发过话，最后一位客人离开

餐桌前，不许苏可小姐出来找我。傍晚时分，我才听到她的声音在牧场上空回荡。她轻声地呼唤着我的名字，声音如哀鸽般凄凉。我不动，也不答应。

是奎妮找到了我。她跑进熏肉房里嗅来嗅去，闻到我的气味后，汪汪地叫起来，又钻进来爬到我身边，依次舔舔我的一只手、一只耳朵和一边的脸颊。她知道刚才对我不好。

不一会儿，门开了，亮了许多。我的朋友说："过来，巴迪。"我很想到她那儿去。她看到我，大笑起来。"天哪，小伙子。你看起来像在柏油里浸过，就差粘羽毛了。[1]"她没怪我，对西装毁了的事情也一字

1. 欧洲中世纪有把人浑身涂上热柏油并粘上羽毛的做法，作为对违法者的残酷刑罚。后来被移民带到美国，在独立战争期间是常见的私刑。

不提。

奎妮一路小跑，去缠着牛儿们了，我们跟在她身后走进牧场，在一个树桩上坐下。"我给你留了个鸡腿，"她说着，递给我一个蜡纸包，"还有火鸡身上你最喜欢的那一块。连心肉。"

之前的怨愤让我一时忘记了饥饿，现在那饥饿感正狠狠捶打着我的肚子。我把鸡腿啃得一干二净，然后剥下连心肉，许愿骨[1]周围那块火鸡身上最香甜的肉。

我吃的时候，苏可小姐伸出胳膊搂住我的肩膀。"我只想说一点，巴迪。不要错上加错。他拿走胸针是不对，但我们不知道他为什么拿。也许他本来并没打算占有它。无

1. 许愿骨（wish bone），即火鸡的叉骨，位于火鸡胸部呈Y形的骨头。美国民间习俗，吃到这根骨头时，两个人可以一人一头一起拉，得到长一点骨头的人可以许下一个愿望。

论出于什么理由，他都不可能是有预谋的。这就是为什么你的行为比他恶劣很多：你盘算好了要羞辱他。你是存心的。现在听我说，巴迪，世上只有一种罪无法被宽恕——明知残忍还存心伤害。其他一切都可以被原谅，只有这个永远不行。你懂我的意思吗，巴迪？"

我似懂非懂。而时间告诉我她是对的。但当时，我只觉得肯定是因为自己之前用错了方法，才导致了复仇的失败。奥德·亨德森——他怎么做到的？他为什么能做到？——他把我比了下去，他甚至比我更诚实。

"怎么样，巴迪？明白吗？"

"或许吧。拉一拉。"我说，把许愿骨的一端递给她。

我们把它掰成了两半，我那一半更大，这样我就可以许愿了。她想知道我许了什么愿。

"许愿你还做我的朋友。"

"笨蛋。"她说着，拥抱了我。

"直到永远？"

"我不会永远活着，巴迪。你也不会。"她的声音像牧场尽头地平线上的太阳，沉了下去，一秒钟的静默后，又像一轮朝阳那样升起，充满了力量。"但是，会的，直到永远。主保佑，在我走很久之后，你还会活着。只要你还记得我，那么我们就会永远在一起。"

那之后,奥德·亨德森放过了我。他开始纠缠和他同龄的男孩斯奎勒尔·麦克米兰。第二年,由于奥德成绩太差,行为恶劣,我们校长不许他再来上学,所以冬天他就去奶牛场帮工了。在我最后一次见到他后不久,他一路搭车到莫比尔,加入商船队,然后杳无音信。一年后我也被送走,开始暗无天日的军校生活。两年后,我的朋友去世。这样看,最后一次见到他应该就是一九三四年的秋天。

那天苏可小姐把我叫到花园里。她已经把一丛盛开的菊花移栽到一个锡皮浴盆里,需要人帮忙才能把它拖到前廊的台阶上，成为一道漂亮的风景。那盆比四十个胖海盗还重，我们生拖死拽，却力不从心。这时候奥德·亨德森正打门外的大路上经过。他在花园门口顿了一下，然后推开门道："我来帮你吧，夫人。"奶牛场的生活滋润了他。他的身材变得壮实了，胳膊上有了肌肉的线条，皮肤的红色变深了，成为一种健康的红褐色。他轻而易举地举起大锡盆，放到门廊上。

我的朋友说："真是多亏你了，先生。你真是个好街坊。"

"没什么。"他说，仍对我视而不见。

苏可小姐折下了一些开得最妖娆的花朵。"把这些拿给你的妈妈，"她把花束递给他，"帮我问候她。"

"谢谢您，夫人。我会转告的。"

"哦，奥德，"奥德已经出发上路，她在身后喊道，"小心！它们是狮子，你明白。"但他已经听不见了。我们望着他的背影，直到他消失在拐弯处，浑然不觉自己手中的危险。那些菊花，正迎着薄暮时分低垂的苍碧色天空，燃烧，怒吼，咆哮。